ベリーズ文庫

捨てられ傷心秘書だったのに、敏腕社長の滾る恋情で愛され妻になりました【憧れシンデレラシリーズ】

高田ちさき

STARTS
スターツ出版株式会社

目次

捨てられ傷心秘書だったのに、敏腕社長の滾る恋情で愛され妻になりました【憧れシンデレラシリーズ】

退職願
スッ
…なんだ？
結婚か
いえ…
それがダメに
なりまして…
『箕島商事株式会社』社長
箕島要（35）
両親との
約束で
28歳までに
結婚できなかったら
故郷に帰って
お見合いしなきゃ
ならないんです…
社長秘書
船戸美涼（27）
昔
太っていて
いじめられてた
たから
あまり地元には
帰りたくないいん
だけど…
やーい
大福ー
大福ー

社長には
申し訳ないけど
こうするしか…
ビリッ
お前に
やめられては
困る
代わりに
婚姻届を
もってこい
え……
ドキ…
お前は俺と
結婚するんだ
社長!! 一体
何考えてるの——!?

口絵：まじかる（サイドランチ）
キャラクター原案：れの子

捨てられ傷心秘書だったのに、
敏腕社長の滾る恋情で愛され妻になりました
【憧れシンデレラシリーズ】

プロローグ

【退職願】と書かれた封筒を差し出し、デスクに置いた。

いつかはこんな日がくるかもしれないと思っていた。しかし現実になると胸に迫るものがある。

改めて自分はこの秘書という仕事が、そしてこの会社が好きだったんだと実感した。

感傷的な気持ちを抑えながら私、船戸美涼《ふなとみすず》は封筒から相手の顔に視線を移す。

私が勤める業界最大手の『箕島《みのしま》商事株式会社』は八万人以上の従業員をかかえ、年間売上は十兆円を超える。世界中で様々なサービスを展開し、扱っていない商品はないとまで巷では言われている。

その大企業の社長、箕島要《かなめ》。三十五歳。

目の前に座る彼は百八十センチを超える長身にぴたりとフィットした、オーダーメイドのスーツを着ている。さらりと流れる艶のある黒髪を整え、意志の強さを感じさせる黒い瞳に高い鼻梁、形のいい唇を持つ。

なにもかもが完璧——そう言い切れるほどの美男子だ。

いつもは冷静に状況を判断する切れ者だが、時折見せる笑みがいやが応でも人を惹きつける。

誰もが〝いい男〟と口をそろえて称賛する人、それが私の上司だ。

彼の秘書として過ごした約三年間。理想の上司のもとで思い切り仕事ができた。

いや、本音を言うならまだまだ一緒に仕事がしたかった。しかしいつまでも退職することを黙っているわけにはいかない。彼に一番迷惑がかかってしまうから。

ちらりと封筒を見た彼が、顔を上げて私に視線を向けた。

「結婚か？」

彼がそう言うのも無理はない。私には三年間付き合っていた恋人がいて結婚秒読みだった。――そう〝だった〟のだ。

しかし事情を知らない社長は話を続ける。

「結婚しても無理のない範囲で仕事を続けてもらえるとありがたいんだが」

「いえ、あの……結婚がダメになったので辞めなきゃいけないんです」

「どういうことだ？」

疑問に思うのも頷ける。普通は結婚がダメになったなら、今まで通り働き続ける人の方が多いのだから。

「実は……両親に結婚しないなら地元に帰ってこいと言われていまして、東京《とうきょう》にいられなくなりました」

理由を話すと、社長は無言で口元にこぶしをあててなにか考えている。

「急な申し出でご迷惑をおかけします」

頭を下げる私に、彼ははっきりと言った。

「あぁ、本当に迷惑だ。お前がいなくなるのは困る」

顔を上げると、社長が退職願を手にしているのが見える。

「困るから、船戸」

「はい」

私は社長の顔をまっすぐ見た。

「俺と結婚しろ」

「はい？」

語尾が上がり、マヌケな声が出た。上司にする言葉遣いでないのはわかっているが、許してほしい。緊急事態だ。

「あの、私の聞き間違いでしょうか？　今なんとおっしゃいましたか？」

「お前は俺と結婚する。だからこんな不愉快なもの必要ない」

そう言ったかと思うと、社長は私の目の前で退職願をびりびりと破いてみせた。

そしてこんな状況だというのに見とれてしまうほど極上の笑みを浮かべて言った。

「代わりに婚姻届を持ってこい」

第一章　業務命令は結婚？

遡ること二週間前。新年を迎えのんびりしていた雰囲気が少々薄れてきた一月中旬。

私は中学時代からの親友である御坊千里《ごぼうちさと》と創作料理が美味しい居酒屋にいた。この後この店で行われる、地元・香川《かがわ》から上京したメンバーの飲み会に参加するためだ。

少し早い時間に来て、ふたりで話し込んでいた。

「えー！　雅也《まさや》くんと別れたの？　だって今年実家に挨拶に行くって言ってたじゃない」

「しー声が大きいっ」

千里は慌てて口を押さえて、「ごめん」と頭を下げた。

顔を上げずに、ちらっとこちらの様子をうかがう彼女は、明るい性格でいつも私を助けてくれていた。

昔から変わらないボブカットヘアがトレードマークだ。キリッとした顔立ちで、かわいらしさよりも凛々しさが目立つ。何事にも物怖じしない性格をいつも羨ましく思っていた。しかし恋愛になると夢見がちなところもあり、そのギャップもまた彼女の魅力のひとつだ。

おしゃれや流行に敏感で、いつも買い物に付き合ってもらっている。無難なものを選ぶ私と違って流行を上手に取り入れた服装やメイクは華があり、髪もネイルもいつもとても綺麗に手入れされていた。

片や私はといえば、毎朝格闘しなくてはいけない栗色のくせ毛に、丸い目、けっして高くはない鼻、小さい口。色が白いせいか、頬の赤みが目立つ。冬の寒い日なんかは林檎のように赤くなり、童顔に拍車がかかって中学生くらいに見える。

昔、太っていた時期があったので体重管理はしているが、だからといってスタイルがいいわけではない。嫌なことは内にため込むタイプのくせに、頑固な性格。面倒だと自覚している。

あべこべなふたりだけれど、お互いを唯一無二の親友だと思っている。

雅也と付き合う前から、色々と相談にのってくれていた彼女にはきちんと自分の口で報告したかった。

「向こうから、別れてほしいって。はっきりとは言わなかったけれど、他に好きな人ができたみたい」

雅也からちゃんとしたプロポーズをされていたわけではない。ただ『そろそろけじめをつけようか』という話をしていた。自分たちの仲は順調だと思い込んでいた。

三年間付き合っていた彼に別れを告げられたのは、クリスマスイブ三日前だった。その時
イブに会う約束の時間を決めようと電話をかけた時に、別れを切り出された。

私の目の前には彼へのプレゼントがあったのに、なんて皮肉なんだろう。

「それですんなり『はい、わかりました』って別れたの？　しかも電話で⁉」

「うん、だって。仕方ないじゃない、向こうにはもう新しい相手がいるみたいだし」

私の言葉に千里はあきれ顔だ。

「なんでそこですぐに身を引くかなぁ。ちょっとは縋りついて泣いたりした？」

「泣いたわよ……縋りつかなかったけど」

結婚を目前に振られたのだ。もちろん傷ついたし、涙した。けれどそこで雅也に縋りついてなんになるというのだろうか。彼を困らせたところで、元に戻るわけでも私の気持ちが晴れるわけでもない。

「そういうところ、本当にドライだよね」

「そうなの、かな？」

結構ちゃんと悲しかったんだけどな。悲しみの度合いも表現の仕方も人によって違いがある。私はどちらかというとそれを表現するのが下手なだけだと思うのだけど。

苦笑いを浮かべる私に、千里はそれ以上追及してこなかった。

「そっかぁ。じゃあ飲み会とか積極的に誘うね。新しい出会いを求めなきゃ」

明るく前向きに誘ってくれる千里に、私は首を横に振った。

「ごめん、申し訳ないけど出会いは必要ないかな」

「えー、たった一回の失恋で？」

私にとってはたった一回と呼べるほど軽い失恋ではなかった。私の人生を左右するものだったのだ。

「私、地元に帰らなくちゃいけないの」

「え！」

千里は本日二度目の大声をあげる。

「ど、どういうこと？」

正面から私の肩をがしっと掴んでゆさぶってくる。彼女がこんな風になるのも無理はない。

「美涼、あんなに地元に戻るの嫌がっていたじゃないの！」

「うん、今も嫌だよ。だけど両親との約束だから。二十八までに身を固めなければ、地元に戻るって」

「そんな！　せっかく有名企業でしっかり働いてるのに、おかしいよ！」

千里は、勢いあまってテーブルをどんっとこぶしで叩いた。

私も同じ意見だ。どんなに自立してひとりで生活していたとしても田舎の両親にとってはいまだに〝女の幸せ＝結婚〟なのだ。

「おかしいよね。私だってそう思う。でももう疲れちゃった」

地元にはあまりいい思い出がない。だから今日の集まりに出るのも上京して二度目だ。故郷に帰る前に最後にみんなに会っておこうと思った。

「大学受験も、就職も、東京に残るために頑張ったけど……もう潮時みたい」

今から相手を探しても三月末の誕生日には間に合わない。これ以上は無理をしないことにした。

肩を落とす私を、千里は痛ましげに見る。学生時代、私が地元でつらい思いをしていたのを間近で見てきた彼女にも思うところがあるのだろう。

「そっか……寂しくなるね」

千里は短い言葉で話を終わらせた。私の家族が、私が東京に住むことを快く思っていないことを知っているからだろう。そして私が一番落ち込んでいるということも彼女は理解している。だからこそ話を終わらせたのだ。

「千里、向こうに戻っても仲よくしてね」

「あたり前じゃない。地元に戻る前に色々遊びにいこう。ね？」

「うん」

頷くのと同じタイミングで、男性が入ってくるのが見えた。目ざとくそれに気が付いた千里が大きく手を振る。

「田辺《たなべ》くーん、こっちこっち」

千里の声に気が付いて、男性はすぐにこちらに歩いてきた。彼もまた地元の中学と高校が一緒で、大学進学を機に東京に出てきた田辺直哉《なおや》くんだ。

「あれ、船戸さんが来るなんて珍しいね。どうかしたの？」

彼はそう言いながら驚いた顔で私の隣にすっと座った。

「うん、ちょっと。たまにはいいかなって思って」

「久々でうれしいよ。これからもどんどん参加して」

ニコニコ笑う彼に、曖昧に笑うことしかできなかった。

田辺くん、今ではちゃんと向き合ってくれているけど、昔は違ったんだよね。まぁ、思春期の男の子だもの、容姿もパッとせず周囲に馴染めない私とは関わり合いたくなかったよね。多分……。

嫌な過去を思い出した私を助けてくれたのは、千里の言葉だった。

「ねぇ、私もいるんだけど。美涼しか見えないの？」

拗ねたふりをした千里が、私たちの間に割って入った。

「ごめんって。ほら御坊さんはいつも来てるから」

「悪かったわね、いつも暇で」

プンプン怒ってみせる千里のおかげで、場が和んだ。

「とりあえず、先に三人で飲んじゃおうか。で、嫌なことは忘れよう」

千里が手を挙げてスタッフを呼ぶ。

「嫌なことってなにかあったの？」

田辺くんが顔を覗き込んでくる。

「美涼、彼氏と別れたんだって」

「ちょっと千里、その話はいいよ。ごめんね田辺くん、メニュー見る？」

私は彼の目の前にメニューを広げて話題を変えた。

東京で過ごせる時間はあと少し、悔いのない時間を過ごしたいと心に決めた。

そして上司である箕島社長に退職の意志を伝える日を迎えた。

社内規定には退職の申し出は、退職予定日のひと月前までという文言があったが、それでは引継ぎ期間が短くて困ると思い、三月末の退職希望を一月末の今日告げることにしたのだ。

とくに秘書業務は、マニュアルがあってないようなものだ。担当する上司の生活スタイルや好み、行動パターンを見て臨機応変に対応しなくてはならない。だからこそ最低でもひと月は引継ぎ期間を取れるように早めに申し出た。

もちろん、それでも圧倒的に時間が足りないのだけれど。

立つ鳥跡を濁さず。尊敬する社長に迷惑をかけるつもりはない。

終業時刻を過ぎ、仕事が落ち着いた頃。

申し訳ない気持ちを交えながら退職願を、彼の座る大きなプレジデントデスクの上にそっと置いたのだが――。

『俺と結婚しろ』ってどういうこと？

彼の信じられない言動に、私は驚く他なかった。

びりびりに破られた退職願をジッと見つめる。

結構苦労して書いたのに……なんて思うのは、現実から逃げたいせいかもしれない。

これまで社長秘書として、彼の視線や態度ひとつで意向をくみ、うまくやってきたつもりだった。彼もそれを認めてくれ、社歴の浅い私を信頼して様々なことをまかせてくれていた。まさに〝阿吽の呼吸〟だなんて、先輩秘書たちから言われていい気になっていたのだろうか。

こんな大事な時に、社長の本心が見えずに困る。

言葉自体の意味がわからないわけじゃない。しかし彼がどうして結婚だなんて言いだしたのか理解に苦しんでいるのだ。

退職願の代わりに婚姻届？　そんなものが、代わりになるはずなどない。

考えても考えても、答えにたどり着けそうにない。こうなったらもう一度聞くしかない。

「あの、結婚って私と社長が、でよろしいでしょうか？」

自分でもマヌケな質問をしている自覚がある。

「もちろんだ。他に誰がいる？」

腕を組んだ彼はさもあたり前のように言う。

しかしそれを承知するわけには、もちろんいかない。

「あの、冗談ですよね？」

「そんな風に見えるか？」

彼は立ち上がると、デスクの前に立っている私の手を引いて移動した。そしてソファに座るよう促し、隣に腰を下ろした。

いつもとは違う距離の近さにドキッとする。しかしそれを悟られないくらいにはポーカーフェイスができる。秘書としての特技だ。

「俺の顔を見て、冗談だって言えるか?」

ジッと見つめられ、彼が真剣にこの話をしているのがわかる。

「本気だ。今、船戸に辞められたら困る」

「ご迷惑をおかけして申し訳ありません」

「だったら、辞めるな」

そんな風に決断できる簡単な問題だったなら、どれだけいいだろうか。

「秘書課には私なんか足元にも及ばない、優秀な方々がたくさんいますから」

「確かに、うちの秘書課のメンバーは優秀だ。しかし他じゃダメだ。俺はお前がいい」

秘書としての私を指しているのは理解しているけれど、こんな風に言われるとうれしく思ってしまう。今までやってきたことが報われる思いだ。

「それはありがたいお言葉ですが、私のために社長がそこまでする必要はありません」

「これはお前のためだけじゃない。もちろん優秀な秘書に辞められたくないが、それに加えて俺自身も周囲に結婚を急かされている。先日弟が家庭を持ってから余計にうるさくなった。箕島の家を継ぐなら、伴侶を持つのは必須条件なんだ」

「だから、私と結婚するって言うんですか？」

社長の言い分は理解できるが、相手は私じゃなくてもいいだろう。

「お互いに明確なメリットがある。都合のいい相手がすぐに見つかるとは限らない。破談になったことが原因で地元に戻らなければいけないのなら、代わりに俺と結婚すれば全部解決するだろう」

「そんな簡単な問題じゃ――」

「俺じゃダメか？」

彼の射るような真剣なまなざしに、ときめかない人などいるだろうか。ドキドキと高鳴る心臓の音がうるさいが、自分に「誤解しちゃダメだ」と言い聞かせる。

あくまで彼は秘書としての私を手放したくないだけ。

しかし落ち着こうとしても、なおも彼が私を篭絡しようとする。

「俺が船戸の元カレとやらよりも、劣るというのか？」

「そんなはずないじゃないですか！」

目の前の社長を間近で見て、改めてその男ぶりに目を奪われる。

流れるような黒髪はきちんとセットされていて、そこから覗く美しいアーチを描いた眉、瞳に宿る光には意志の強さが感じられた。しかしほんの少し下がった目尻が柔らかい印象をプラスして人を惹きつける。高い鼻筋に少し薄めの唇。そこから奏でられる声すら美しく、彼と触れ合う人はみなその魅力を意識せざるを得ない。

常に一緒にいて見慣れているはずの私でさえ、近くで改めて見るとその美しさに目を奪われてしまう。

いけない、ちゃんと伝えないと。ハッと我に返り、どうにか言葉を発する。

「社長が劣るなんてありえません。私にとって社長は……社長は……」

ここでなんと言うべきなのかわからず、すんなり言葉が出てこない。

尊敬もしているし、憧れてもいる。もちろんカッコいいと思うこともよくある。しかし恋愛対象として考えられるかといえば恐れ多くて無理だ。

「お前の夫に値しないと言いたいのか？」

考えすぎたせいで彼に誤解を与えたようだ。

「ち、違います。その逆です。私にはもったいないです」

そう、〝もったいない〟や〝分不相応〟という言葉がしっくりくる。社長のような極上の男性の隣に立つなんて恐れ多い。

しかし彼はそんな私の気持ちを、まったく気にしないようだ。

「なら問題ないな、話はまとまった」

そう言って立ち上がり、デスクに向かう。

「いえ、大ありです。私の話を聞いていましたか？」

ここまで話が通じない人だっただろうか。いつもはこちらの意見もしっかりとくみ取ってくれるのに、今日はわざとそれをしていないように思える。

デスクに戻って仕事でも再開するのかと思っていたが、社長は資料を手に取り、片付けはじめた。

「あの、今日はもうお帰りですか？」

「あぁ。スケジュールはすべて消化したはずだが」

確かに今日の予定はすべて終わっている。しかし彼がこの時間に仕事を終えて帰宅するのはめったにないことだ。

「はい。確かに本日の日程はすべて終了しています」

「なら、問題ないな。船戸も帰る用意をして」

「はい。あの……」

どういうことだろうか。なぜ私まで？

今日はどうしたことか、社長の態度や言葉から意図することがまったく掴めない。

「聞こえなかったのか？　一緒に食事に行くから準備しろ」

「はい」

習慣とは恐ろしいもので、思わずいつもの調子で返事をしてしまった。

しかしここで私がなにかを言ったところで、おそらく一時間後には彼と食事をしているだろう。

それがわかったので、私はおとなしく帰宅準備に取りかかった。


「はぁ」

ロッカールームで大きなため息をつく。ここまでよく我慢したものだと自分を褒めたいくらいだ。

ロッカーの扉の裏にある鏡には、疲れた顔の自分が映っていた。色々あったせいでここ最近あまりぐっすり眠れていないせいだろう。

朝と夕方、出勤時と退勤時にこの鏡を見ている。今朝見た時は、退職願を出す日だと少し緊張していた。しかし、退職願は破られてしまい、あろうことか予想もしなかった事態に陥っている。

とにかく準備をしなくちゃ。

そこではっきりと断るつもりだ。社長を私の事情に巻き込むべきではない。

食事に行くのがどんな店なのかわからないが、今着ているスーツで行くしかない。箕島社長のことだ、そのあたりは考慮してくれると信じよう。

とりあえず今できるのは、化粧直しと髪を整えることくらいだ。ポーチから口紅を取り出して丁寧に塗ると、鏡の中の自分が幾分ましになったように思える。

その後、髪をひとつにまとめていたバレッタをはずす。さらさらと肩に髪がかかり、もう一度まとめ直そうと髪に手を伸ばしかけてやめた。そのままブラシで軽くといて整える。仕事中と同じ髪形だと、味気ないと思ったのだ。

別に意識してるわけじゃない。

誰に咎められるわけでもないのになんとなく言い訳をしながら、私は最後にもう一度鏡を見てからロッカーのカギを締めた。

あまり待たせてもいけない。ついさっき私用スマートフォンに社長から【地下駐車場に来るように】というメッセージが送られてきていた。

急いでエレベーターホールに向かい、ボタンを押した。しかしこんな時に限ってなかなかやってこない。焦る気持ちで待ったエレベーター内は、帰宅する社員でいっぱいだった。普段なら見送るが、社長を待たせているため、申し訳ないと思いつつ乗り込む。

地下駐車場に到着すると、社長の車が目の前にあるのが見えた。彼個人が所有する高級車だ。実際の値段は知らないが自分などが到底所有できないものであるのはわかる。今からあの車に乗る実感すら湧かない。

彼は私を見つけ、運転席から降りてきた。

「すみません、お待たせして」

「いや、そんなに待っていない」

「それにお車の手配が必要なら私が――っ」

謝罪を続ける私の唇に、社長の人差し指が添えられた。ドキッとしてそのまま黙る。

「仕事の時はお前がやるべきだが、今はそうじゃない。デートの時くらいは俺がやるべきだろう」

「デート……ですか」

「あぁ、そうだ。どうぞ」

彼は助手席にスマートに私を誘導する。私が乗り込んだのを確認するとドアを閉めて運転席に回った。

いつもと違う扱いに、ぼーっとしてしまう。今までかいがいしく世話をするのが自分の仕事だったのに、立場が逆転してなんだか落ち着かない。

社長は私がシートベルトをしたのを確認した後、車をゆっくりと発車させた。地下駐車場から地上に出ると、スムーズに走りだす。

歩道では帰宅する社員たちが駅に向かって足早に歩いている。社長の運転する車に乗っているところを見られるのは気まずいと落ち着かない気持ちになる。

いつもはその中のひとりのはずなのに、今はその光景を社長の車の助手席から眺めていて不思議な感じがした。

社長に目を向けると、リラックスした雰囲気で運転していた。

そう言えば、社長の運転する車に乗るのは初めて。

普段一緒に移動する時はたいてい、会社の運転手付きの車かタクシーだ。ある意味、今私はとても貴重な経験をしているに違いなかった。

いったい私はこの助手席に座る、何人目の女性なのだろうか。ふとそんな考えが頭をよぎり、なんてことを考えたのだろうかと驚く。

結婚なんて社長が言うから、意識しちゃったのかも……。

「百面相しながら、ひとりでなにを考えているんだ？」

「え、なんのことでしょうか?」

指摘されて初めて気が付いた。私、そんなに顔に色々表れてるの? 自分ではポーカーフェイスは得意だと思っていたのに。

「とぼけても無駄だぞ。三年もほぼ毎日顔を見てるんだ。そのくらいはわかる」

鋭い社長の指摘から逃げられるはずなどなく、白状することにした。

「あの……この席に他に何人の女性が座ったのかなって。すみません、下世話なことを」

自分で言っていて恥ずかしくなった。彼女でもなんでもない私が、プライベートな事情を気にするなんて。

顔を伏せて気まずさに耐える。

「お前が初めてだ」

「えっ、助手席に乗ったのは、私が初めてなんですか?」

聞き間違いかと思い、もう一度聞き直す。

「そうだ。車は俺にとってリラックスできる数少ない場所だから、特別な人しか乗せない」

「そんな、では私なんかが乗ってよかったんですか?」

思わず腰を浮かせた私の肩を社長がぐっと押して座らせた。

「いいから、そんなこと気にするな。今日の船戸は全然話を聞かないな」

「す、すみません」

確かに今日はいつもの私と違う。でもそれは仕方のないことだ。今置かれている状況そのものが、いつもとまったく異なっているのだから。

「船戸だから助手席に乗せた」

「でもさっき、特別な人しか乗せないって」

私の言葉に社長は苦笑した。

「そうだ。妻になる人なんだから特別だろう」

「あ……はい」

確かに〝妻〟という立場なら特別だが、私は断るつもりだ。それなのに彼の言葉にそわそわしてしまう。

いきなり私と結婚するって言いだしたのに、社長はどうしてすぐに私を特別だなんて言えるんだろう。

私が不器用なだけかもしれないと一瞬考えたけれど、そんなはずない。ついさっきまで上司としか見ていなかった相手の特別だと言われても、すぐに受け入れられるわけなどなかった。

だが、なぜか彼の言動ひとつひとつに、胸がドキドキと音を立てている。気が付かないうちに、どんどん彼のペースにはまっているような気がする。

そもそも社長が本気になったら、私などかなうはずもない。

だからといっておとなしく受け入れられるわけがない。

私が地元に帰りたくないという理由で、彼を利用するわけにはいかないから。一時的にそれで物事が丸く納まるとしても、その先はどうするつもりなのだろうか。

断ると決めているはずなのに、頭の中で〝結婚〟の二文字がぐるぐるする。

ふと隣を見ると、まっすぐ前を見て運転している社長がいる。こんな風に横顔をジッと見つめたのは、初めてかもしれない。

いつもと違う状況に、否が応でも彼を意識してしまう。

はぁ、もう。いったいこの気持ちはどうすればいいの。

車が減速してハッと我に返り、目の前の建物を見る。

「『ロージアンホテル』ですか?」

「あぁ。急だったからここのイタリアンしか用意できなかった」

「いいえ。十分です。むしろすぐに用意できたことに驚きです」

このロージアンホテルにあるイタリアンレストランは、本場の三ツ星レストランで修業したオーナーシェフの店で、通常ならば半年前に予約しなくてはいけない。

接待で使うため箕島商事の名前で年間ある程度の席は確保しているが、最低でもひと月前でないと予約を受けてもらえないはずなのに。

やっぱりすごいな。社長が言えばすぐに用意されるんだ。

こんなところでも、彼と自分の立場の違いを感じる。

車止めに停車し、ドアマンにキーを渡す。正面玄関から中に入ると、壮年のコンシェルジュがやってきて恭しく頭を下げた。

丁寧な扱いに慣れていなくて緊張する私とは違い、社長は軽く挨拶を済ませている。そのままコンシェルジュに案内されてエレベーターに乗り、高層階のレストランに到着すると個室に通された。大切なお客様の接待などで使う部屋だったので驚いたけれど、ここで固辞すればスタッフにも社長にも迷惑がかかってしまう。

自分には分不相応だと思うが、今日は仕方ない。

窓際の席からは東京の夜景が一望できる。接待で高級店に出入りすることはあるが仕事に集中しているため、楽しむ余裕などない。しかし今日はプライベートだ。仕事の時とは違い、窓の外に広がる景色にゆっくりと視線を移す。

「綺麗ですね。東京に出てきて初めて見た夜景を思い出します」

大学生になって憧れの東京に出てきた。入学式の前日に上った東京タワーから見た夜景が頭の中に思い浮かぶ。

「夜景か。ゆっくり楽しむなんていつぶりだろうな」

社長も視線を窓の外に向けている。同じ景色を見ながら彼が今なにを考えているのだろうと、そっと表情をうかがったがわからなかった。

ただ仕事中とは違う、穏やかな表情を浮かべている。

秘書という立場でいつも彼のそばにいるのに、こうやって向かい合って食事をするとなると、どうやって話を切り出せばいいのかわからない。

なんとなく落ち着かずにそわそわしてしまう。

そんな私の気持ちに気が付いたのか、社長が笑いながらメニューを開いた。

「まずは食事を楽しもう。結婚についてはその後だ。食事中は思う存分口説かせてもらうよ」

口説くって……私は断るつもりなのに。

余裕たっぷりに笑みを浮かべる社長は、どうにかして私に結婚を承諾させる気だ。

「船戸は食べられないものはなかったよな？　アルコールは結構いけたはず」

「いえ、社長がお車なので、私も結構です」

お酒は好きだが、さすがに上司を差し置いてひとりだけ飲むわけにはいかない。

「俺のことを気にしてるなら、構わずに飲めばいい。その方ががちがちに固まった体が少しはリラックスするんじゃないのか？」

彼は私が緊張しているのをお見通しだった。

それならば、少しくらいいただいてもいいのではないだろうか。

彼の言う通り、このままでは言いたいことが言えずに押し切られてしまいそうだ。

「では、お言葉に甘えて、一杯だけ」

ドリンクのリストを渡されて、イタリア生まれのカンパリとグレープフルーツを使ったスプモーニを選ぶ。

ちょうどよいタイミングで、スタッフがやってきて彼が注文を済ませた。普段は全部自分がやっているのに、それを社長にやらせていると思うと申し訳ない。

「すみません、お手を煩わせてしまって」

謝罪の言葉を口にした私に、社長は目を眇めた。

「今日、俺は船戸を口説こうとしているんだ。だからお前はなにも考えずにお姫様気分でいればいい」

「……はい」

返事をするのに数秒戸惑ったのは、お姫様気分がどういうものかわからなかったからだ。悲しいことに今までそんな気分を味わったことがない。

秘書として高級店に出入りすることがあっても、基本的には外で控えている場合が多い。こんな風に座って食事をする機会など、今までなかった。

根っからの庶民の私は、会社近くの居酒屋やチェーン店のレストランで十分幸せを感じる。逆にこういう高級店だときちんとしなくてはいけないと思い、食事を純粋に楽しめそうにないのだ。今までずっとお姫様ではなく、町娘でやってきたのだから仕方ない。

そんな風に思っていたのだけれど……。

料理が運ばれてくると、その豪華さに純粋に気持ちが高ぶった。

「すごく、綺麗」

料理なのだから〝美味しそう〟と言うべきところだろうが、目の前には美しく盛りつけられた料理が並んでいる。前菜はオマール海老を使ったパイに、タコのマリネ。サラダにはオレンジ色のジュレがあしらわれている。

美しいものを目にして、自然に頬が緩む。じっくりと見ていると視線を感じて顔を上げた。

「そういう風に素直に感動するのは、船戸のかわいいところだな。ほら、見るのもいいけど、食べようか」

「あ、はい」

〝かわいい〟だなんて言われ慣れていなくて、どう反応していいのかわからない。ただ恥ずかしくて頬に熱が集まる。

「その前に……と」

彼がミネラルウォーターの入ったグラスを手に取り、少し掲げた。私も急いでカクテルの入ったグラスを手にする。

「ふたりのこれからに」

彼の言葉にグラスを軽く上げて、ひと口飲む。カンパリとグレープフルーツのさわやかな味わいが口に広がった。

「さあ、召し上がれ」

彼に言われて食事を始める。驚くほど美味しくて思わず「美味しい」と呟いた。それを見た彼は満足そうに頷き、笑みを見せた。

「いつもうまそうに食うよな。ずっと見ていたくなる」

「そ、そんなこと言われると食べづらいです」

「悪い、気にするな」

楽しそうに笑う社長の顔に、胸がドキドキしてしまう。これまでだって談笑をして笑い合うことなんてたくさんあったのに、今までと違う空気に私の感情がゆさぶられている。

高鳴る胸をごまかすように、私は食事を口に運んだ。

前菜に続き、リゾット、魚料理、肉料理が運ばれてきて、どれもこれも今まで食べた料理の中で一番美味しかった。

どう振る舞っていいのかわからないと最初は思っていたものの、社長が仕事の時とは違い色々と話題を振ってくれ、アルコールも手伝ってか気が付けば随分楽しい時間を過ごしていた。

普段も仕事以外の話をすることは少なくない。しかしこれまでとは違い一歩進んだ会話をしているような気もする。それは社長が私の話、一つひとつに耳を傾けてくれているからだろう。

デザートが運ばれてきた頃、社長が話を切り出した。

「ところで少し船戸の話を聞かせてほしいんだが、できる範囲で」

「地元に帰らなくてはいけないのはどうしてだ？」

「はい」

退職を申し出た理由を社長が聞きたいと思うのは無理もない。隠す必要もないので素直にこれまでのことを話す。

私の生まれ故郷は、瀬戸内海《せとない》にある小さな島。本土までは一日十便程度の高速艇で三十五分ほどかかる。島には小学校が三校、中学と高校は一校ずつあった。

のどかな環境で、生活圏内はほぼ知人で構成されているようなそんな土地。

そこで小さな和菓子屋『ふなと』を営む両親、それに五歳上の兄と共に暮らしていた私は、小学校低学年の頃は体が弱く、入退院を繰り返していた。

小学校高学年になる頃には病気はすっかりよくなったけれど、これまで食べられなかった反動で、ほしいまま食べ続けた。実家の和菓子が特に好きで、家族も自分たちが作ったものをうれしそうに食べる私を止めずに……結果、かなり大きな体になってしまったのだ。

もともと病気であまり友達がおらず、その上太ってしまった私に対して思春期の周囲の目は冷たかった。

男女問わず傷つくような言葉をかけられ、態度で示された。言い返すこともできなかった私は一念発起してダイエットし、中学を卒業する頃には普通体形になっていたけれど、いじめられやすい雰囲気を払拭することはできなかった。

狭いコミュニティの中での生活が災いして、両親も私がいじめられていることを知っていた。病弱だった上にいじめられた私に対して、ものすごく過保護になってしまったのだ。

どこに行くにもなにをするにも、両親の許可が必要だった。

高校生までそんな生活を過ごしているうちに、次第に人の目からも両親の過干渉からも自由になりたいと思うようになり、大学進学を機に東京でひとり暮らしをしようと考えた。

もちろん両親には大反対された。しかし私は努力を重ね勉強にはげみ、担任の先生からも両親を説得してもらった。

両親は卒業後は地元に戻ってくると思っていたようだが、それも日本でも有数の商社、箕島商事に就職することであきらめてもらった。

〝二十八歳までに、結婚できなければ地元に帰ってお見合いすること〟を条件に。

ここまでの私の話を黙って聞いていた社長は「なるほどな」とひと言だけ呟いた。

「すみません、長々とつまらない話をして」

どこにでもあるような話だ。本来ならここまで詳しく話すつもりはなかった。

しかし仕事を辞めることで迷惑をかける社長には、きちんと話しておきたかったのだ。それが私の示せる最大の誠意だと思った。

「これまで色々と努力をしてきたんですけど、結婚だけはどうにもなりませんでした」

あまり悲愴感がないように笑ってみせたが、逆効果だったようだ。社長はまったく表情を緩めずに硬い顔のままだ。

「なので、おとなしく田舎に帰ります」

私が言い切ったと同時に、社長のスマートフォンが振動した。画面を確認した彼は少し迷った素振りを見せている。きっと大事な電話なのだろう。

「電話に出てください」

「悪いな」

彼は断って席を立った。

プライベートの時間なんてあってないようなものだろうな。

秘書になってから忙しくしている彼のそばにいた。改めて社長として大きなものを彼が背負っているのだと感じた。

目の前には空になったデザートプレートがある。

食事は終わったし、私の退職の理由も話した。きっと彼も話を聞いて地元に戻らなければいけない理由を理解してくれたはず。

私を引き留めるためだけに戯れで言った『結婚する』という言葉も撤回するだろう。

彼が席を外している間に、化粧直しをしておこうと席を立つ。

個室を出たところで男性にぶつかりそうになって、慌てて頭を下げた。

「ごめんなさいっ」

すると聞き慣れた声で「美涼？」と名前を呼ばれた。反射的に顔を上げ、目の前に立っている人物を見て目を見開いた。

「雅也……」

気まずそうにしている彼の隣には、知らない女性が立っていた。直観的にその人が新しい彼女なのだと理解する。

手入れの行き届いた美しいロングヘアに少したれ気味の大きな目。抜群のプロポーションでミントグリーンの華やかなワンピースがよく似合っている。

雅也の好みは実はこういう子だったのだと初めて知った。自分とはあまりにも違いすぎる。その事実だけで彼は無理して私と付き合っていたのだろうと推測した。

どうしてこんな時に、こんな場所で再会してしまうんだろう。向こうも困惑しているのが伝わってくる。

ぎこちない笑みを浮かべ、頭を下げて横を通り過ぎようとした。

しかしわずかに時間がかかったせいで、雅也の少し後ろにいた女性が一歩前に出た。

「あの、もしかして雅也の元カノさんですか？」

興味津々といった様子で不躾な言葉を口にする。

「……はい」

ここで嘘をついても仕方ないと思い、認めた。

「ふーん、箕島商事の秘書だなんて聞いていたから、もっと綺麗な人だと思っていたのに……あ、ごめんなさい。私すぐに思ったことが口に出ちゃうんです」

ふふふ、と笑いながら自分の口元を押さえて肩を竦めてみせる。反省しているようには見えないが、曖昧に頷くしかない。

「おい、やめろよ。行くぞ」

さすがに重い空気を感じ取ったらしい雅也が彼女の手を引いたが、女性はそれを振り払った。

「結婚、結婚って雅也にしがみついていて、私本当に迷惑したんですよ。だからひと言、言いたくて。魅力的な女性なら、女の方から結婚なんて迫らなくてもいいんですよ」

雅也が頭を抱えて、ため息をついている。

「ふふふ、でも。今日のこの店、箕島商事の秘書、船戸さんの紹介ってことで予約が取れたの。だから心の広い私は、許してあげます」

にっこり笑ったその顔をよく知っている。学生時代に私をいじめていた人も同じような表情をしていた。

きっと私に文句を言って、ストレスを発散しているのだろう。反論したところでなにも解決しないのはわかっているので、黙ったまま視線を雅也に向ける。

彼と付き合っている時に、雰囲気のいい店を何軒か聞かれた。その時は呑気に「クリスマスに予約してくれるのかな?」なんて思っていたのにそんな日は来なかった。

それどころか、彼女のために私の名前を使っていたなんて。

雅也も気まずいのか私と目を合わせようともしない。散々泣いたのにまた悔しくて涙が出そうだ。

「もういいだろう、行くぞ」

雅也は早くこの場を離れようと、再び彼女の手を引く。

しかし間の悪いことに、そこに社長が戻ってきてしまった。

「船戸、こちらは？」

そう聞かれても仕方ないだろう。私は面倒なことにならないようにとごまかした。

「あの……ちょっとした知り合いです」

「ちょっとした、知り合い、ねぇ……」

しかし社長は、目の前にいるのが元カレの雅也だと見抜いてしまったようだ。

どうするべきなのか困っていた矢先、声をあげたのは雅也の彼女だ。

「あの、もしかして箕島社長ですか？」

目を輝かせ、熱い視線を社長に送っている。

「ええ。そうですが」

「きゃー嘘、本物だ！　すごい、雑誌とかネットニュースとかで拝見するよりもカッコいいんですね。えーすごい」

静かに食事を楽しむ方たちの中、黄色い声が響く。そんな彼女に対して社長が笑みを深めた。それに雅也の彼女は調子づいてしまったようだ。

「でも秘書さんとの食事でも、こんな高級店に連れてくるんですね。さっすがー。部下にも優しいんだぁ。いいなぁ、私も箕島商事で働きたい」

これは……あまりよくないサインだわ。

他の人から見たら、にこやかな人好きのする笑顔に見えるだろう。しかしこれは機嫌の悪さを最大限に笑顔の仮面の下に隠している時だ。

早く彼女をここから離した方がいい。気まずそうな雅也がちょうどいいタイミングで、彼女の手を引いて社長から距離を取らせた。

「なんで引っ張るの？　私も個室で食事がしたい～ご一緒できたらうれしいな」

さすがに図々しいと思ったのか、雅也が血相を変えた。

「すみません、お騒がせして」

雅也が頭を下げる後ろで、彼女は不満げに口をとがらせている。もう少し話したいと顔に書いてあった。社長はそんな彼女は無視して、雅也の方に向いた。

「いえ、お気になさらないでください。あなたには感謝しているんですよ」

「えっ？」

雅也が驚いた顔をしている。私もその言葉に目を丸くし黙ったまま様子をうかがう。

「あなたにというか、あなたの女の見る目のなさに、かな？」

社長はちらっと雅也の後ろにいる女性を見た。それで彼女は自分が悪く言われているのに気が付いて、「どういうことですかっ⁉」と顔を真っ赤にしている。

「君が船戸と別れてくれて本当に感謝している。おかげで俺のものにできた」

「社長！」

その言い回しは誤解を生むと思い、止めようとする。しかし社長は視線だけで「いいから」と私をあしらう。

雅也は驚きで言葉に詰まり、ジッと社長の顔を見ているだけだ。

「まぁ、あの程度の女が美涼の代わりになるとは思えないけどな」

わ、わざと名前を呼んだ！

さっきとは違い、今度は誰にでもわかる人の悪い笑みを浮かべている。

「美涼、ここは空気が悪い。部屋に行こう」

促された私は、これ以上ここにいたくなくて素直に従う。すぐに社長が隣に来て私の腰のあたりに手を置いて、エスコートする。

大切に扱われていると、おそらく雅也と彼女に見せつけるためだろう。嫌な思いをした私のための意趣返しのようなものだ。

効果はてきめんで、振り返ると、残されたふたりは茫然と立ち尽くしたまま私たちを見ていた。

第二章　結婚したい男と固辞する女

　エレベーターに乗り込むと社長がすぐに口を開く。

「少しはすっきりしたか？」

「え……はい」

　笑っていようと思ったけれど、目尻に涙が浮かびそうになり慌ててうつむいた。あの場では社長のおかげでなんとか我慢ができたが、ここにきて気が緩んでしまう。

　社長が小さくため息をついた。

「とにかく、俺たちの話し合いはまだ終わっていない。今度は邪魔の入らないところでゆっくり話をしよう」

　言われるまま彼についていく。エレベーターが到着した階にある部屋に、そのまま足を踏み入れた。

　背後でバタンと扉が閉まった時にハッと我に返り、社長とふたりっきりだと今さらながらに自覚する。レストランで向かい合って食事をするのとはわけが違う。なにがあっても言い逃れできない。

状況を理解して、涙が引っ込んだ。

「社長……あの」

わずかに声が掠れた。

私は入口の扉の前から一歩も動けずに、部屋の中に入っていく彼の背中を見つめる。

社長は振り向くと、落胆したような表情を見せた。

「随分信用がないんだな」

「あの、違います。そうじゃないんです。私とこんなところに出入りしているなんてもし誰かに知られたら」

――社長の名に傷がついてしまう。

「知られたらなんだと言うんだ。まだわかっていないようだな、俺はお前と結婚する。だからお前とここにいることを誰に見られようが、なにを言われようがまったく問題などない。むしろ大歓迎だ」

本気で言っているのだろうか。言葉が続かず、その場で彼を見つめる。

そんな私をジッと見ていた彼がジャケットを脱いで、椅子の背にかけた。

「まだなにか問題があるのか？　ないなら、早くお前を口説かせてくれ」

く、口説かせてくれって……本気で言っているの？

動けないままの私にしびれを切らしたのか、社長がやってきて手を引いた。そしてソファに座るように言って、バーカウンターに向かう。

カウンターの上には氷のたくさん入ったボトルクーラーがあり、その中に緑色のシャンパンのボトルが見える。

「飲むだろう？」

「はい、ありがとうございます」

色々とありすぎて喉がカラカラだ。まさか雅也と会うなんて思ってもいなかった。

彼が注いでくれたシャンパングラスを、ぐったりしながら受け取った。

「いただきます」

口内でシュワッと炭酸が弾ける。すっきりしたのど越しの液体が渇いた体を潤していく。

「はぁ、美味しいです」

好みの味に一気に飲んでしまう。

「もう少しどうだ？」

隣に座った社長が、緑の瓶を差し出す。

「お願いします」

お代わりを注いでもらい、次はゆっくりと口に運ぶ。そんなにお酒は強くないが、今日みたいな日は飲みたくなってしまう。

社長は自分のグラスにもシャンパンを注ぐと、私の隣に座った。それもかなり近く、うっかりすれば膝が触れ合ってしまいそうだ。きっと偶然そうなってしまったのだろうと、そっと腰を浮かせて距離を取る。そうすると今度は彼が間隔を詰めた。

さすがにわざとそうしているというのはわかった。

「す、少し近いように思います。社長」

「そうか？ 俺は船戸を膝の上にのせて話をしてもいいと思っているけどな」

無意識に視線が彼の膝に移る。ふっとそこに座る自分を想像して恥ずかしさから顔に熱が集まった。

「む、無理をおっしゃらないでください」

「そんなに恥ずかしがるようなことじゃないだろ。まぁいい。これからチャンスはいくらでもあるからな。とりあえず船戸が納得できるまで話をしようじゃないか」

彼は背もたれに肘をつき、体を私の方へ向けた。戸惑っている私と違って余裕たっぷりの笑みを浮かべている。

とりあえずちゃんと聞く耳を持ってくれていることに、ホッとした。

彼の立場なら強引にことを進めることはたやすい。きっと私なんか言いくるめられてしまう。

しかしきちんと私の意見を聞いて、その上で結論を出そうと言っているのだ。

彼なりの譲歩が見え、それを突っぱねるほどの勇気はなかった。

私は引けていた腰を正しい位置に戻し、膝に手を置き彼に体を向ける。やっと話す気になった私に彼が最初に口にしたのは謝罪の言葉だった。

「すまない、あんな公衆の面前でことを荒立てて。あの状況を見て我慢できなかった」

おそらく少し前から、雅也たちとのやり取りを見ていたのだろう。

「いえ、助かりました。他の方にも迷惑でしたし」

明らかに厄介な客だった。

「どうして、言い返さない？」

社長はじっとこちらを見て、静かに問いかけた。

「え？」

突然の質問に、すぐに答えられなかった。

「どうして、嫌なら嫌だと、自分を軽んじるなとはっきり言わない？」

「それは……私が黙っていれば済むことですから」

あまり話が深刻にならないように笑ってみせたが、彼の表情は変わらなかった。わずかに眉間に皺を寄せて、不満をあらわにしている。

「簡単に言うんじゃない。お前は傷ついている、それは怒るべきことだ」

はっきりと言われて、目頭が熱くなり、慌ててうつむいた。

――なにか嫌なことがあっても、黙って我慢をしていれば次第に相手が飽きてくる。小さな頃からそうしてきたので、それが正しいのだと思い込んでいた。

「嫌なことは嫌だって言え。傷ついているお前を見ている俺の方が苦しい」

驚いて顔を上げると、そこには困った顔をした社長がいた。

私の気持ちにこんなにも寄り添ってくれるなんて。

それまで我慢できていたはずの涙が、ポロリと眦《まなじり》からこぼれ落ちる。見られないように急いで手で拭ったが、社長が私の手を掴んだ。

「隠さなくていい。泣きたい時は泣けばいい、怒りたい時は怒ればいい。俺の前では我慢するな」

胸が震えるほどうれしい。どうして彼は、ただの秘書である私にここまでしてくれるのだろうか。

彼の男らしい指が、不意に私の涙を拭った。

「今だけでも、船戸の悲しみを俺が引き受けたい」

そのまま頬を撫でる彼の手の心地よさに陶酔しそうになる。

「こういう日は、誰かに頼るべきだ。幸い、今お前の前には俺がいる」

私は伏せていた目を上げて彼を見る。

至近距離で絡む視線。熱のこもったそれは私の傷ついた心をとらえる。

「社長……私、今日だけはなにも考えないでもいいですか？」

今この瞬間に感じるまま、行動してみてもいいだろうか。

小さい頃に味わった疎外感から、常に人の顔色をうかがい心の内の半分も口に出せずにいた。でもしっかり心は傷ついていた。

それに気が付いてくれた人。今だけでもいいからこの人に寄りかかってしまいたい。

彼氏だった雅也にもこんな気持ちになったことはない。

今は、彼の優しさに甘えてしまいたい。

「難しいことは全部明日だ。安心しろ、なにも考えられなくしてやる。俺のこと以外はな」

低く色気をまとった声。これまで彼と一緒にいたのに初めて耳にする甘いそれに、私はもう考えることを放棄する。

ふと周りの空気が変わった気がした。その刹那、彼が私の唇を奪う。彼の使っているドライでウッディな香水の香りが鼻をかすめた。

「んっ……」

けっしていきなりではない。目で、声で……態度でキスの予感はしていた。それをわかっていて私は彼を受け入れたのだ。

目をつむり、キスに応える。痛いくらいの胸の鼓動は激しくなる一方だ。深い口づけに息が上がり、体中が熱い。

私、社長とキスしてるんだ……。

ふとそんなことを考えていると、息継ぎのために薄く開いた唇から熱い舌が遠慮なく差し込まれる。

「ふ……んっ、社長っ」

その激しさに思わず呼んだ。すると唇が離れて彼が私の耳元に唇を寄せる。

「こんな時に〝社長〟はないだろう。お前の夫になる男の名前、知ってるな」

私が小さく頷くと、彼は目で促す。

「要さん」

彼にとらえられたまま、言われるままに口にした。しかしその瞬間、彼の方が視線を逸らした。

「新鮮だな」

ぼそっと呟いた声に続いて、彼が私の耳に舌を這わせた。

ビクッとなる私をからかうように彼が低い声で笑う。

「もっと呼んで」

吐息交じりにねだられ、私は息の上がった状態で名前を呼ぶ。

「か、なめ……さんっ」

「もっとだ、かわいい声でもっと呼んでくれ」

キスの合間に何度も彼の名前を呼んだ。その激しさにくらくらする。

社長のキスに翻弄された私は、そのまま意識を手放し深い眠りの底に落ちていった。

ベッドの中で寝返りを打とうともぞもぞする。しかし体が自由にならずに、ぐいっとなにかに引き寄せられた。

それを確認しようと目をつむったまま手を伸ばす。

するとその手が掴まれ、誰かの気配にハッと驚いて目を開く。

「起きたか」

ぼんやりとしていた輪郭がはっきりしてくる。目の前にいる人物を認識した私は、驚きで大きく息を吸い込んだまま固まってしまった。

「おい、息するの忘れてないか？」

指摘されて慌てて息を吐く。うるさいくらいにドキドキする心臓をなんとか落ち着かせようとゆっくりと二度、呼吸をした。

その後布団の中の自分の状況を確認してホッとする。きちんと服は着ている。

「あからさまに安心した顔をするな」

「あ、すみません。社長が私に手を出すなんてありえませんよね」

自意識過剰な反応をしてしまって、恥ずかしくなり彼から顔を背けた。そこに彼のため息が聞こえてくる。

「そんなわけないだろ。昨日は完全にその気だったさ。それなのにキスの途中で眠りこけたんだろ」

「あ……」

確かに途中から記憶がない。いつベッドに入ったのかさえ覚えていないのだ。

「意識のない相手を抱くつもりもないし、第一、初めての夜なのに覚えていないとか悲しすぎるだろ」

それは間違いない。

「すみません、すっかり眠ってしまって。ここ最近あまりよく眠れていなかったので」

色々なことがあり、人生の大きな転換期を迎えている。考えることが多く、布団に入ると、あれこれ悩みが思い浮かびよく眠れない日々が続いていた。

「顔色、随分よくなったな。このところ疲れが取れてなかったようだから」

「ご存じだったんですか?」

目を丸くする私を見て、社長が笑った。

「気が付かないはずがないだろう。ただそれを伝えたところで〝大丈夫だ〟って言うだけだろうし。俺にできるのは少しでも依頼する仕事を減らすことくらいだった」

まさか社長が調節してくれていたなんて。気が付かなかっただけで、今までもそうやって陰でサポートしてくれていたのだろう。上司をよく理解していたつもりだったけれど、まだまだ知らないことがたくさんあるのだと悟った。

昨夜も私の行き場のないどうしようもない気持ちに寄り添ってくれ、優しさで受け止めてくれた。本当に素敵な人だ。

だからこそ決断しなくてはいけない。

私は体を起こすと、さっと手櫛で髪を整える。

すると彼も私に合わせるように体を起こし、こちらを向く。

「社長、ありがとうございます。おかげさまで気持ちの整理がつきました」

「じゃあ、結婚の話を進めてもいいな?」

私は彼の言葉に首を横に振った。

「同じベッドで寝た朝に、なぜその結論になるんだ?」

不満を隠そうとしない社長は、寝起きの姿も相まって彼本来の姿に思えた。

昨日、雅也に再会したことでずっともやもやしていた自分の気持ちがはっきりした。

それをきちんと彼に伝える。

「彼と別れた後『自分は悪くない、彼の浮気が悪い』ってずっと思っていました」

社長はなにも言わずに頷いている。

「でも考えたんです。彼が浮気したのはなぜだろうって」

「それはお前が考えることじゃないだろう。悪いのは向こうだ」

社長はまるで自分のことのように、怒りの感情を見せる。そのことをありがたいと思いつつ、自分の思いを伝えた。

「いいえ、違うんです。私、本当に彼のことが好きだったのかなって思って。結婚したかったから彼と付き合っていて、こっちに残りたいから彼と結婚したいって思っていたって気が付いたんです」

今頃になって自分の気持ちに気が付いて、愚かさに涙がにじむ。

「きっとそんな私の自分勝手な気持ちを見抜いた彼が、他の人を好きになったんだろうなって」

最初に心から彼に向き合わなくなったのは自分だ。だから彼が他の人に目移りしてしまったのも仕方がない。

「それは、違うだろう」

「いいえ、そうなんです。東京に残ることを第一に考えていました」

過干渉な両親、閉鎖的な社会。学生時代のヒエラルキーがいまだに残る地元が苦手だった。だから意地になっていた。

嫌な思い出しかないと思っていたけれど、そうしていたのは自分自身だ。

きっといいところもたくさんあるのに、それに目を向けずに意固地になっていた。

「だから社長の申し出はうれしかったのですが、彼と同じ思いをさせたくありません。お断りさせてください」

東京に未練がないわけじゃない。嫌な思い出のある地元に戻るのは、決心した今でも抵抗がある。しかしここが潮時なのだろう。

なんだかんだと高校卒業から今まで、自由にさせてくれていた両親には感謝している。そろそろ近くに住んで恩返しする時なのだとも思う。

「なんだそんなことか」

「えっ？　そんなことって」

社長は難しい顔をしていたはずなのに、今はあきれたような顔をしている。

「そもそも相手が違えば結果も変わる。昨日の冴えない男と俺を一緒にしている時点で、間違っているとは思わないのか？」

「おっしゃっていることはもっともですが――」

社長は私に反論の機会を与えないで、話を遮る。

「要するに、地元に戻りたくないという理由が根底にあったとしても、お前が俺のことを心から好きになればまったく問題はないんじゃないのか？」

そうだろう？と言わんばかりの表情に、思わず頷きそうになる。

「それは机上の空論です」

「たとえそうだとしても、俺はそれに賭けたい。いや、賭けるなんて可能性の低い話じゃないな。俺は船戸を惚れさせる自信がある。そのチャンスさえもらえないのは不公平だ」

社長は私が思いもつかなかったことを言いだす。

この人の思考回路はいったいどうなっているんだろう。

普段から凡人には思いつかないようなことをやってのける人だというのは、身をもって知っていた。しかし恋愛までこうとは。

驚く私は口をぽかんと開けたまま言葉が出ない。どうしたらいいのか考えあぐねているうちに、社長が小さく息を吐いた。

落胆を隠さない様子に、私は戸惑った。

「やっぱり俺では、船戸の夫にはふさわしくないか」

さっきまでの勢いのある声色とは違い少し掠れていて、美しい瞳もわずかに伏せられている。

明らかに低くなったトーンに、誤解させてはいけないと慌てて説明する。

「いえ、そういうわけじゃないです。会社でも言いましたけど、私には社長はもったいなさすぎます。私の個人的な事情に巻き込むわけにはいきません」

「お前の事情だけじゃないと言っただろう。今いなくなられたら俺が困るんだ。本当に、心から」

確かに仕事を放り出す手前、後ろめたい気持ちはある。しかしそれを差し引いたとしても、私が社長の妻になるのは無理があるのではないか。

強気に出たかと思えば、しおらしくしてみせる。社長の押して引いての態度に翻弄されて、どうすればこの話を断れるのか必死になって考えた。

そこでふと思い出した。彼の家族のことを。やっと見つけた理由をさっそく彼にぶつけた。

「社長は私でもいいかもしれません。しかしご家族はどう思われますか？　箕島家ほどの名家なら結婚相手に求めるものも多いはずです」

箕島商事株式会社は、五十年以上前から続く『箕島製鉄株式会社』の傘下の会社だ。現在の箕島商事の事業規模は親会社の箕島製鉄を上回り、『箕島ホールディングス』グループ全体を支える筆頭会社となっている。

細かいところまでは知らないが、確か箕島製鉄の社長の妻——つまり彼のお母様は現総理大臣の親類である。先日結婚した彼の弟も、メガバンクのご令嬢と結婚したと聞く。

誰もが納得する結婚相手だろう。政界や財界等日本を支える人たち、そういう人が箕島家にふさわしい。

きっと私みたいな一介の会社員では、社長の妻としても、箕島家の一員としても役目を果たせない。実家はしがない和菓子屋だし、見かけも経歴も地味すぎる。私は彼の妻として持っていなくてはいけないものを、なにひとつ持ち合わせていない。

「俺が選んだんだ、誰にも文句は言わせない。だが、お前が不安に思うのもわかる。確かに面倒な家だからな、うちは」

社長も家のことを持ち出されて、なにか思うところがあったようだ。

「ご理解いただけてよかったです」

これでこの話は終わりだ。退職に向けて今後の話を進めなくては。

しかし、そう思うには早かったようだ。

「じゃあ、うちの家族が船戸を認めたら俺と結婚するのか？」

彼の両親とは箕島ホールディングス全体で集まる際に、何度か顔を合わせて話をしたことがある。とても話しやすく、秘書である私にも気を遣ってくれる素敵な方々だ。

しかし結婚となれば話は別だろう。秘書としては認められても、嫁としてはあまりにも身分が違いすぎる。箕島家の賛同が得られる可能性は、ほぼゼロだ。

ご両親に時間を取らせることになり申し訳ないが、彼が納得してあきらめてくれる方法がそれしかないのなら仕方ない。

「わかりました。ご両親が認めてくださったら、結婚しましょう」

しっかりと目を見て頷く。これは最後の賭けだ。

すると社長はベッドサイドテーブルに置いてあったスマートフォンを手に取り、電話をかけはじめた。私は不思議に思いながら静かに待つ。

「ああ、親父か」

え、嘘でしょう。もうお父様にアポイントを取っているの？

まさかと思いながら、電話の内容に耳を傾ける。

「今日の午後、結婚相手を連れていく。おふくろも同席を頼む。相手？　秘書の船戸だ。あぁ、悪いが詳しい話は後だ」

間違いない。彼は今日、私を実家に連れていくつもりなのだ。慌てた私は大きなばってんを手で作って無理だと伝える。

しかし彼はしっかりと私が見えているにもかかわらず、そのまま電話を切ってしまった。

「今日なんていくらなんでも早すぎませんか⁉　洋服とかお土産とか。あと心の準備だってまだできていません」

反論する私に、半眼になった彼がぴしっと言い切った。

「そんなものは全部こっちで準備する。船戸のペースに合わせていたら、ずるずる先延ばしになるだけだ。それに二十八歳の誕生日までに結婚できなくなるぞ」

「確かにそれはそうかもしれませんが」

私の心の準備はどうすればいいの？　社長はそこまでして、私と結婚するつもりなのだろうか。すぐにお父様に電話をかけるあたり、本気だということは伝わってきたけれど。

気になるのはお父様が私の名前を聞いて、どんな反応をしていたのかだ。

「あの、お父様はなにかおっしゃっていましたか？」

「特には」

「え、私の名前を聞いても驚かなかったんですか？」

なにかしら不快感を示さなかったのだろうかと不思議に思う。社長が気遣って隠しているのかとも思ったけれど、その場合、対面の際に私が困るので隠すようなことはしないはずだ。

「あぁ。まあ、男親なんてそんなものだろう」

なんでもないことのようにスマートフォンを操作しながら軽く答えた後、彼はベッドから出た。

「食事は三十分後、洋服は一時間後に届く。シャワーを浴びるならそこのを使って。

俺は向こうにあるのを使うから」

彼が指さした方向には、寝室に備えつけのシャワーブースがあった。

「いつまでもぐずぐずしていると、時間がなくなるぞ」

私は口を開こうとしたが、社長はさっさと歩きだし部屋を出ていった。

その背中を見送り、へなへなとベッドの中に倒れ込む。

「もうなんで……わかってくれないの？」

結婚できない、ただそれだけ。簡単なことなのに、どうして彼は納得してくれないんだろうか。私がいなくなると困るというのは本音だろうけれど、結婚する必要なんてないはずなのに。

仕事中の彼なら、もっと理知的に最善の方法を考えるはずだ。それなのに今回は自分を犠牲にする提案をしてくるなんて、本当になにを考えているのかわからない。

悶々と考えていてふと視線が時計に移る。

あ、時間がっ！

彼が部屋を出てから十分近く、ひとりで考え込んでしまっていた。食事の時間まであと二十分しかない。

動転した私はベッドから転がり落ちるようにして、シャワーブースに向かった。

なんとか時間内にシャワーを終え、棚の上にあるガウンとその上の巾着型の袋を見つける。手に取り、中身を見ると下着が用意されていた。

「これって……わざわざ準備してあったってことだよね」

昨日この部屋に来て泊まったのは偶然だったはずだ。それなのにこんなものが準備してある……しかもサイズまでぴったりとなると、こうなることを予想していたのだろうかと勘繰ってしまう。

やっぱりモテる男の人は違うな。やることがスマートすぎる。

そのおかげで助かっているにもかかわらず、なんだか胸のあたりがもやもやする。

なんだろう、どうしてだろうと首を傾げていると外から「飯が来たぞ」という声が聞こえて慌てた。

ガウンで出ていくわけにもいかず、昨日着ていた服を着るしかないのだが、身に着けたまま眠ってしまったせいで、あちこち皺だらけだ。しかし着替えなど持っているわけもなく……これしかないので、少しでもなんとかならないかと手で皺を伸ばす。

「おい、なにやってるんだ？」

社長が寝室の扉を開けて中を覗き込んだ。そして私の手元を見てなにをしていたのかわかったようだ。

「そのままガウンで出てくればいいだろう。俺も同じ格好だし、あと少しすれば服も届く。それより、飯が冷めるぞ」

きっと彼は私がこの部屋を出るまで、食事をとらずに待つだろう。彼に冷めた料理を食べさせるのはどうしても避けたい。

私は羞恥心と天秤にかけて、恥ずかしい気持ちを抑え込み、ガウン姿で彼の待つ部屋に向かった。

そこで私はここに来て初めて部屋の中を見回した。

昨日は本当に色々と余裕がなかったのだと、改めて感じる。

ふかふかの絨毯に、ほどよいスプリングが利いている布製の大きなソファ。奥に見えるダイニングテーブルには豪華なバラが生けてある。

そこにはすでに朝食が並んでいた。

彼は椅子に座り、朝陽に照らされながら朝刊を読んでいた。

「来たか」

新聞を置いた彼が、ピッチャーに入っていたオレンジジュースをグラスに注いで、彼の向かいの席に置いた。どうやらそこに座れという意味らしい。

指示されたまま席に着くと、今度はバスケットに盛られていたクロワッサンを私の目の前にある皿に盛りつけた。

「ありがとうございます」

私がやります！と言いかけたけれど、きっと今彼が求めているのは秘書としての私ではないはず。黙って受け入れお礼を言った私を見て満足そうにしているのだから、間違いない。

「案外俺も秘書に向いているかもな」

さすがにそれはない。彼のような優秀すぎる人が秘書だと、ボスが完全に自信をなくしてしまいそうだ。

あえてなにも言わずに笑みを浮かべる。

「いただきます」

私が手を合わせて食べはじめると、彼もやっと自分の食事を始めてホッとする。

バターの香りがするマッシュルーム入りのオムレツはまだ温かく、口に含むとトロッとろけるような柔らかさだ。彼が皿にのせてくれたクロワッサンはサクサクでほんのり甘く、思わず頬を押さえてしまうほど美味しい。

「ほら、もっと食べろ」

私があまりにも感動していたせいか、もうひとつ勧められた。しかしそれをやんわりと断る。

「今目の前にあるものだけで、十分です。ありがとうございます」

「そうか」

彼はそう言うと自分の皿にそれをのせた。

本当はもうひとつくらい余裕で食べられるけれど、気を付けていないとすぐに体形に出てしまう。

美味しいものを前にしてうっかりしていたが、私はもう一度尋ねた。

「あの、本当に今からご両親のもとに挨拶に伺うんですか?」

ちらっと視線を向けると彼はあきれたと言わんばかりの表情を浮かべる。

「両親に会うのはお前も了承しただろう? なら早いか遅いかだけだ。面倒な出来事を先送りにしていれば、それだけ悩む時間も増える。いつもおっくうな仕事ほどさっさと片付ける船戸なら理解しているはずだが」

もっともなことを言われて頷くしかない。

確かに今日結論が出た方が、のちのちのことを決めやすい。退職にあたっての後任の決定や引継ぎなど、時間はいくらあっても足りない。

でも頭でわかっていても、気持ちは割り切れない。だってこれは仕事じゃないんだから。

「すみません、潔くなくて」

「いいさ、別に。意外な一面を見られるのも悪くないからな」

私としては、あまり知られたくない。社長にはダメな自分を見せたくないのに……。

昨日酔ってあれこれしてしまった時点で、本性を見られている。それでもなお、きちんとした自分でいたかった。

そう言えば私……キスしたんだ。社長と。

ふと思い出した昨日のキス。彼に応える形だったけれどあんな風に夢中になってキスしたのは初めてだったかもしれない。

映像がフラッシュバックしかけて、慌てて脳内から消し去った。

危ない、あんまり意識すると社長の顔がまともに見られなくなっちゃう。

私は彼にバレないように、小さく深呼吸をして気持ちを切り替えた。

これから私は彼の両親と対面をする。おそらく歓迎はされないだろう。理解はしているけれど、きっと気の滅入る時間になるはずだ。

覚悟を決めて、美味しいクロワッサンの最後のひとかけらを食べ終えた。

そしてちょうど届いた洋服を受け取って、身支度をする。たとえよくは思われないとわかっていても、彼の隣に立つ間くらいはできる限り最高の自分でいたいと思ったから。

◇◇◇

目の前に突きつけられた封筒を見て絶句する。俺の見間違いじゃなければ【退職願】と書いてある。

なにかの間違いじゃなかろうか。そんなことを考え彼女を見ると、その顔は真剣で冗談や嘘を言っているようには見えなかった。

こんな悪趣味な冗談を言う子じゃないよな。

ひとつ思いつく退職理由があり、言いたくないがそれを口にする。

「結婚か？」

俺の問いかけを彼女は否定した。

それならなぜ仕事を辞めたいなどと言いだすのだろうか。待遇に不満が？　いや、そんなはずはない。そんな素振りはひとかけらもなかった。そうとなれば引き抜きか。

それなら考えられなくもない。

ホッとしたのも束の間、瞬時に色々なことが頭に思い浮かんだが、結局は彼女に詳しく話を聞かなければわからない。

彼女は言いづらそうに言葉を選び、結婚がダメになり両親に地元に戻ってこいと言われていると説明した。しかし彼女のその様子から、喜んで地元に帰るようには見えなかった。

確か彼女の地元は瀬戸内ののどかな島だと記憶している。両親は大事な娘の幸せが結婚にあると思っているのだろう。

それならば俺と結婚すればいい。

そう告げた時の驚く彼女の顔を見て、俺は内心笑みを浮かべた。

やっとチャンスが巡ってきた。絶好の機会を与えられて、それをこの俺が逃すわけなどない。

驚く彼女を説き伏せるべく、考える時間を与えずに食事に連れ出した。

レストランに連絡を入れるとすぐにいつもの席が用意された。彼女は窓際に設置されたテーブルから素直にその景色を楽しんでいるようだ。頬が緩み、かわいらしい口元にうっすらと笑みを浮かべている。

いつもの秘書の船戸ではない、一枚殻を脱いだような感じがする。

仕事中はひとまとめにしていた髪を今は下ろしている。それがよりプライベート感を醸し出していて、彼女自身も今の時間が仕事の延長ではないと思っているようだ。

たったそれだけなのに、なんだかそわそわする。いい歳なのに情けない。

表に出さないのだから許されるだろう。浮ついていても仕方ない。長年欲しかったものがようやく手に入りそうなのだから。

そのふわふわした髪に触れたら、驚くだろうか。

そんな不埒な考えが頭の中によぎり、自分で打ち消した。

ほんの少し明るめの柔らかそうな髪と真っ白な肌。加えてこぼれ落ちそうなほど大きな瞳は一見幼く見える。しかし仕事中に見せる姿は凛としていて目を引く。実際に清廉な彼女に目を留める男も少なくない。

しかし本人はまったくその自覚がないようだ。徹底して秘書という立場を貫き、地味なスーツにメイク。決して自己主張をせず、いつも後ろに控えて俺をサポートしている。

彼女が俺の秘書になってから三年。経験は浅かったが、最初から周囲をよく見て動けていた。タイミングが絶妙で互いに相性もよかったのだろう。そんな優秀な秘書に対して特別な感情を持ったのかはいつだったのかはっきりとしない。

いつも一緒にいて、たくさん努力し頑張っている姿を目にすれば、好印象を持つのは自然なことだ。それに加えいつもはしっかりしているのに時々かわいらしい笑みを浮かべるそのギャップの大きさに誰だって好きになるだろう。

彼女は求めるよりも与える人間だ。仕事柄他人を蹴落としたり、自分の利益ばかりを優先したりする人を多く見てきた。そんな人物に囲まれている生活の中、彼女がそばにいてくれることで俺は安心できたのだ。

しかし恋心を自覚した時には、別の男のモノだった。

この俺が、行動を起こす前に失恋とは前代未聞の経験だ。だからといって彼女の幸せを壊してまで奪うのは間違っている。やせ我慢だと言われても、徹底的にいい上司でいることに徹した。それが彼女に対して俺ができることだと思ったからだ。

しかしフリーになった彼女の前では、いい上司の仮面はあっという間にはがれてしまう。

もたもたしている暇はない。また誰かにさらわれる前に確実に自分のモノにしたい。

急遽入った仕事の電話の間も、頭の片隅では彼女のことを考えていた。ワーカホリック気味の俺が他のことに気を取られるなんて、と自分でも驚く。

さっさと電話を切り上げ、席に戻ろうとフロアを歩く。スタッフの陰に隠れて見えなかった個室の扉に目を向けると、ひと組のカップルが船戸になにか話しかけているようだ。

最初は友人かと思ったが、女の甲高い声で話す内容でその相手が船戸の元カレカップルだとピンときた。

なんでこんな時に。タイミングの悪さに遠くから船戸の前に立つふたりを睨む。

だが考えようによっては、船戸の本音を聞き出すいいチャンスかもしれない。そう思い、これ以上彼女が嫌な思いをする前に目障りなカップルの前から連れ出した。

連絡を入れればすぐに用意される部屋があるのが、今日ほど便利だと思った日はなかった。

カウンターに置いてあったシャンパンをグラスに注ぐ。この時点でもう彼女を帰すつもりはなかった。

いつもよりもわずかに厳しい言葉で、彼女の感情をゆさぶった。そうでもしなければ彼女はいつまでもいい子の仮面をかぶったままだろう。

その周囲を気遣う仮面の下の素顔を、俺は見たい。

目に涙をためた彼女が、俺の顔を覗き込んでくる。

「社長……私、今日だけはなにも考えないでもいいですか？」

このセリフを聞いた時、やっと俺に心を開いてくれるようになったのだと思えて心からうれしかった。

繰り返されるキス、柔らかく俺を呼ぶ声。庇護欲とともに沸き上がってきた欲望を抑えながら彼女の様子をうかがっていたのだが——。

「嘘だろ……」

俺の腕の中にいる彼女の体からゆっくり力が抜けていくのを感じた。ふと不思議に思い目を開けると、規則正しい健やかな寝息が聞こえてきた。

キスの最中に寝るとかありうるか？

俺は彼女を腕に抱いたまま、しばらく茫然とその安らかな寝顔を見る。

自慢じゃないが、いまだかつて女性に困ったことなど一度もなかった。船戸みたいに彼女を思って手を出さなかったのは初めてだった。

「まだお預けさせる気なのか」

大きなため息をついた後、なぜだか笑いが込み上げてきた。彼女を起こしたらいけないと思い、必死に耐えるが肩が震える。

自分の思い通りになっていないのに、こんなに楽しい気分になるのはなぜだろうか。

これまで我慢してきたかいがあったな。

無防備に眠る彼女の顔を見て、今日はこれでよかったのかもしれないと思う。すでに彼女は俺の腕の中にいる。なにを焦る必要があるのだと。

彼女を抱き上げ、寝室に運ぶ。移動しても目覚めもしない。アルコールが入っているのもあるだろうが、今日は彼女にとってとても大変な一日だったからに違いない。

「ゆっくり、おやすみ。また、明日から大変だから」

どんなに逃げようとしても、一度捕まえたのだから手放すつもりはない。きっと彼女にとっては戸惑いの連続だろう。

頑張って抵抗する姿すら楽しみに思える。

優しく前髪を撫でると、わずかに口角が上がった気がした。

第三章　ときめきに逆らえなくて

さっき角を曲がってから、ずっと同じレンガ造りの壁が続いている。博物館かなにかだったろうかと思い出そうとするけれど、この辺りにそんなものがあっただろうか。

「着いたぞ」

「え、ここが？」

車に乗ったまま大きなレンガ造りの門をくぐる。目の前に現れた壮大な洋館に思わず「すごい」と声が漏れた。

「でかくて、古いだけだ」

社長はそう言うけれど、きっと歴史的な観点から見てもすごい資産価値だろう。そもそもこんな都会のど真ん中にここまで広大な敷地を持つお屋敷に住んでいるなんて、やっぱり箕島家というのは私の想像をはるかに超えた家なのだと思う。

車が止まると、とうとうだと緊張が最高潮に達する。車からなかなか降りられないでいると、彼がわざわざ助手席に回ってドアを開けてくれた。

「ほら、手を出して」

「はい」

言われたままに従う。ゆっくりと足をそろえて降り立った。そしてその豪奢な洋館を見上げる。

場違いだわ。それが最初に出た感想だった。こんな超庶民の私が来るべき場所じゃない。

しかし私がどう思っていようが、今さら後には引けない。わかってはいるのだけれど足がその場で固まってしまった。彼に手を引かれても動けない。

「どうかしたのか？」

彼が振り向いて私の様子をうかがった。

「あの……私の格好、大丈夫ですか？　あ、違う。洋服はもちろん社長が選んでくれたので素敵だっていうことはわかってるんですけど、ちゃんと着こなせているか心配で――」

緊張でどうでもいいことをべらべらとしゃべってしまう。そうでもしていないと心臓が口から出てきてしまいそうだ。

「落ち着いて、ほら。深呼吸して」

言われるままに、深く息を吸い込んでゆっくりと吐いた。

「美涼は焦ると早口になるんだな。新しい発見だ」

「あっ……はい。そんなつもりはなかったんですけど」

急に名前で呼ばれてドキッとした。初めてではないけれど、特別な感じがして意識してしまう。その上思わぬことを指摘されて、恥ずかしくなって下を向く。

今身に着けているのは、彼が手配してくれたワンピースだ。七分丈のパフ袖の水色とグレーの間のような色で腰には同系色のベルトを巻き、きっちりとした印象を与える。普段は地味な印象のデザインや色を選ぶことが多いので、自分に似合っているかどうか自信がないのだ。

「ほら、胸を張って。ワンピースも靴もよく似合ってるよ。さすが俺だな」

得意げに話す社長を見て思わず笑みがこぼれた。

「そうだ、笑っていればすぐに終わるさ。初めて会うわけでもないし」

そうは言っても会社関連の行事で秘書として会うのとはわけが違う。今日は彼の結婚相手としてこの家に来たのだから。もちろん断られる前提だけれど。

「でも……」

「余計なことを考えても無駄だから。さっさと行くぞ」

「はい」

前に進むようにと、背中に添えられた彼の手に軽く押された。

玄関に到着する前に、向こうから扉が開く。チャコールグレーのスーツを身に着けた五十代くらいの男性が出迎えてくれた。

「おかえりなさいませ、要様」

「ただいま、親父たちは？」

「みな様おそろいです。応接室でお待ちです」

どうぞと私の方へ体を向けて、案内してくれる。雰囲気からしてこの家の家令だろうか。身のこなしがスマートでとても物腰が柔らかい。

「はじめまして、船戸美涼です」

頭を下げると、驚いた顔をされた。

「私にまでご丁寧にありがとうございます。私は緒方《おがた》と申します。以後お見知りおきを」

「はい、緒方さん。よろしくお願いいたします」

ひと通り自己紹介が終わったのを見計らって動きだした社長に続いて、玄関ホールを抜けて長い廊下を歩いていく。

あまりキョロキョロしては落ち着きがないと思われそうで、彼の背中だけ見てついていく。それでも時々目の端でとらえる絵画や調度品はとても一般家庭には置いていないような立派なものだ。

覚悟はしているが、どんどん緊張が高まっていく。うるさいくらいの心臓の音をどうにか治めようとさっきから深呼吸を繰り返しているが、なんの気安めにもならない。

ようやく彼が足を止め、ドアノブに手をかけた。

「待って、まだ心の準備が」

慌てて止めた私を彼が振り返る。

「まだそんなこと言ってるのか。ほら、来いよ」

手を伸ばす彼に言われるままに私は足を進める。

「大丈夫だから」

彼は私の手を握ると、優しく力を込めた。彼の体温が感じられてわずかに緊張が解けた。

「俺の言うことに頷いていればいいから」

「はい」

もうあとは彼にまかせよう。断られる前提なのだから、そこまで緊張する必要はないのだと開き直る。

扉の中は、まるで晩餐会でも開かれるかのような大きな部屋だった。ホールと言っていいほどの広さで、高い天井からはキラキラ輝くシャンデリアが吊るされており、足元はフカフカのペルシャ絨毯。

ダイニングは二十人くらいが座って食事ができそうなくらい大きく、窓際の上座にはこの家の主である箕島製鉄社長、箕島学《まなぶ》氏が、こちらから見て左側にお母様が座っている。

「あら、やっと来たわ。いらっしゃい」

お母様がわざわざ立ち上がって出迎えてくれた。

「時間には遅れてないだろう。年寄りはせっかちで困る」

「もう、失礼ね。そりゃせっかちにもなるわよ。要がやーっと結婚相手を連れてきたんだから。ねー、あなた」

お母様はお父様に同意を求める。お父様はお母様とは違い、厳粛な雰囲気を崩さずにこちらを見ている。

近くまで行き、社長の隣で姿勢を正す。

「親父、おふくろ。もう知っているだろうけど、船戸美涼さん。俺の奥さんになる人」

「ご無沙汰しております。船戸です」

きっちりと手をそろえ、見本のような挨拶をする。こういう場では秘書をしていてよかったと思う。立ち居振る舞いを、体がしっかりと覚えていた。

「あぁ、いつも愚息が世話になっているね。座りなさい」

「はい、ありがとうございます」

私はお礼を言い、社長の顔を見る。彼が頷いたのを見て椅子に座った。するとそれを待っていたかのように、緒方さんによってすぐにお茶とお菓子が運ばれてきた。薫り高い紅茶と、焼き菓子。こんな時でなければ喜んでいただくのだが、今食べたとしてもきっと味がわからないだろう。

「どうぞ、召し上がってね。ご実家が和菓子屋さんだって聞いたから口が肥えてると思って、今日は洋菓子にしてみたの」

「はい、ありがとうございます」

そんなことまで知っているのかと思ったけれど、顔には出さずに笑顔で返事をして、紅茶をひと口飲んで心を落ち着けた。

おそらく結婚の話が出て、すぐに色々と調べたに違いない。箕島家からすれば当然のことだろう。

私がカップをソーサーに置くと同時に、お父様が口を開いた。

「さて、ふたりは結婚するということだが、意志は固いんだな」

「あぁ。彼女以外と結婚するつもりはない」

社長がはっきりと言い切ったことに驚いた。しかしすぐにご両親を説得するために大袈裟に言っているのだと気が付く。

しかしお父様はまだ深刻な顔をしていた。

「船戸さん、君お菓子は作れるのかい？」

「え……お菓子ですか。和菓子なら得意ですけど、洋菓子ならクッキーとかチーズケーキとか、本当に簡単なものなら」

「あぁ、和菓子にチーズケーキ、いいね」

途端にニコッと笑ったお父様。さっきとの温度差に驚く。

「あの……えーっと」

「いやぁ、娘にお菓子作ってもらうの夢だったんだよねぇ。楽しみだな、会社に持っていって自慢するぞ」

軽くこぶしを握ったお父様を見て、思わずそれをぽかんと眺めてしまう。

「あなたったら、そんなに娘が増えるのがうれしいのね。この人ったら下の子のお嫁さんもそれはそれはかわいがっていてね」

ふふふと上品に笑うお母様。隣の社長はといえば、テーブルに肘をついて大きなため息をひとつついた。

「おい、誤解してもらったら困る。誰でもいいわけじゃない。船戸さんだからいいんだろう。やっとうちに嫁に来てくれる気になったんだな」

「やっと？」

よくわからずに、首を傾げる。

「いやぁ、実は上層部では君は結構人気でね。控えめだけど仕事には漏れがなく、勉強熱心で知識も豊富だと。口調も丁寧で柔らかく、話をしていてとても楽しい気持ちになるって」

「あの……いえ、私はそんな」

まるで自分の話ではないような美辞麗句が並び、顔から火が出そうだ。

「いや、これは本当の話で。実は君への見合い話なんかもたくさんあってね。賀詞交換会があるたびに、色んなところから〝見合いはどうだ〟なんて話があるくらいなんだから。やっと要が捕まえて安心したよ」

まさか私にお見合いの打診があったなんて。初めて聞かされる話に驚きが隠せない。

彼の方をちらっと見ると、私に顔を寄せて小声で話す。

「親父も大歓迎だ、これで俺たちの結婚は問題ないな」

「え、いやでも」

ちらっとお母様の方を見る。優雅に微笑みながら紅茶を飲んでいる。

「あの、お母様は反対じゃないんですか？　この結婚」

「あら、どうして？　大賛成に決まっているじゃない」

こちらももろ手を挙げて喜んでいる。どうやら私の〝向こうから断られるだろう〟作戦は失敗したらしい。

どうしてこんなことに……？　理解が追いつかずに焦る。

「要ったら、ある時を境にぱったり女性との噂も聞かなくなってしまって心配していたのよ。弟の方が先に結婚しちゃって。こちらから見合いを勧めても機嫌が悪くなるばかりだし。船戸さんのことが好きだったら、そう言ってくれれば協力したのに」

もう、と膨れてみせる姿は少女のようにかわいらしいが、社長は嫌そうな顔をしている。

「いい歳した大人が、母親に恋愛相談するわけがないだろう」

不機嫌そうに紅茶を飲む社長がこちらに視線を向ける。

「これで、俺と美涼の結婚は決まりだな」

「え、でも！」

思わず座り直して、彼の方を見る。

「なんだ、まだなにかあるのか？　両親が認めたんだ。なにも問題ない、そういう話だろう」

「……はい」

喜んでいるご両親の前で、これ以上話をするわけにはいかない。私は正面を向いて、彼のご両親の顔に交互に目をやる。

お父様は社長に似た優しい笑みを浮かべて私を見つめている。

「船戸さん、いや。これからは美涼さんと呼ばせていただく。なにか困ったことがあったらいつでも相談しなさい。私たち夫婦は、君の味方だから」

温かい言葉に、なんだか申し訳なくなる。

「ありがとうございます」

そう返事するしかなく、私はぎこちない笑みを浮かべた。

「この際、順番なんか気にしないわ。初孫を一刻も早く抱かせてちょうだい」

「母さん、それセクハラだから」

「あら、そうね。私ったらうれしくってつい」

口元に手をあてながら楽しそうに笑っている姿を見ると、本当に私を箕島家に受け入れるつもりでいるのが伝わってくる。

私でいいの？　っていうか、本当に結婚しちゃうの？

まさかこんなにとんとん拍子で物事が運ぶなんて思わなかった。

『うちの息子にはふさわしくない』みたいなことを言われると思っていたのに、とんだ肩透かしを食らった気分だ。完全に思惑がはずれてしまった。

社長はもうすっかり結婚するつもりだ。もしかして彼は、こうなることを予想していたのかもしれない。なんだかうまくはめられたような気がする。

思わぬ方向に人生が転んでいく。

――私、本当に社長と結婚するの？

お父様はこの後会議があるらしく、しばらく談笑した後、席を立った。そうして私は今、社長の実家にある私室にお邪魔している。

大きなデスクに本棚。チェストの上には立派な一眼レフカメラが置かれている。どのくらいの年齢までこの部屋で過ごしていたのだろうかと立ち上がって眺めていると、大きなソファに座るように促された。

「これでお前の懸念は払拭された。結婚するよな？」

ストレートに聞かれてしまい、どうしたものかと考える。

そんな私を彼は非難するような目で見つめた。

「往生際が悪いぞ」

「確かにそうなんですけど……本当に私でいいんですか？　結婚相手」

「あたり前だろう、そうじゃなければ実家にまで連れてこない」

問題ないと言い切っていいのだろうか。お互い納得していれば差し支えないのかもしれない。でもなんか違う。

「社長の気持ちはわかりました、わかってるんですけど……まだ引っかかって」

「俺も、両親も納得している。俺はお前を大切にする。お前も俺をこれまで通り支えてくれる。これ以上なにが問題なんだ？」

そう言われると答えられない。残るは私の決心だけだからだ。

口を噤んだ私の心の内を読んだかのように、彼は私の肩を抱き寄せた。距離が近くなって、彼がいつもつけているドライでウッディな香水の匂いをより強く感じた。

「もしここで美涼がどんな返事をしても、俺はお前と結婚する。だからなにも考えずに今の状況を受け入れればいい」

本当にそれでいいのだろうか。私が一番気にしていることを尋ねる。

「それで社長は幸せになりますか？」

彼と結婚すれば、これまで通り東京で暮らしていける。好きな秘書の仕事も今まで通りとはいかないにしても続けられるだろう。しかし、元カレの時のように最終的に彼に嫌な思いをさせてしまわないか、それが心配なのだ。

「この期に及んで、なにを言いだすんだ」

「すみません、うじうじした性格で」

自分でも考えすぎて時々嫌になる。

「かまわないさ、それもまた美涼だろう。俺はお前が手に入るだけで、十分幸せだよ」

まさかそこまで言ってもらえるとは思わなかった。

「ありがとうございます」

私の気持ちを軽くするために、大袈裟に言っているのかもしれない。でも彼の両親にも挨拶を済ませた。後に引けない状況なのは確かだ。

ここはもう、心を決めるしかない。

「私、一生懸命務めさせていただきます」

力が入ってしまい、思わずこぶしを握る。

気合の入った私を、彼が笑った。

「そんな風に力を入れなくても大丈夫だ。俺を幸せにするのなんて簡単なんだから」

「簡単じゃないですよ……」

地位も名誉もお金も美貌も、神様は不公平だと思うくらいなんでも持っている彼。誰もが羨む彼を幸せにするためになにをすればいいのか、今の段階では見当すらつかない。

「簡単だろ、ほら。こうやって」

彼の顔が至近距離まで近付いてくる。私は自然と彼を受け入れた。

優しく重なる唇。彼が私の頬に手を添えて角度をつけるとより深くなった。

ドキドキとうるさいくらい高鳴る胸の音。徐々に熱くなる体。私は間違いなくときめいている。

唇が離れて、間近にある彼の顔に視線が捕らわれる。優しさのこもった瞳に見つめられ、頬が熱い。

「ありがとう、俺を受け入れてくれて」

「いいえ、お礼を言うのは私の方です。私が必要だと言ってくれてありがとうございます」

なんの取り柄もない、平凡な私を見つけて必要だと言ってくれた。もともと尊敬している人だけど、この人のためにこれから生きてみようと思う。

そしてもし、この先彼に好きな人ができたら、私はきちんと身を引こう。それがきっと私にできる彼への恩返し。

それまで彼の妻という場所を、私が少し借りるだけ。

自分に言い聞かせていると、彼が仕切り直すかのように口を開いた。

「さてこれから忙しくなるな。直近で一週間ほど休みが取れる日程はないか？」

「お休みですか？　少し待ってくださいね」

私はいつも持ち歩いているタブレットにパスワードを入力してすぐに立ち上げる。

彼のスケジュールをざっと見てみるが一週間となると厳しい。

「さすがにそこまで長期になると調整が難しいですね。三日ではダメですか？」

私の答えに彼はわずかに眉を動かした。これは納得していない時の表情だ。

「ダメだな。それじゃあ、新婚旅行に行けないじゃないか」

私はそれを聞いて慌てた。

「あの、結婚式とか新婚旅行とか必要ありませんから。お仕事を優先してください」

ただでさえ過密スケジュールなのに、どうにかやりくりして休みを捻出しても彼がすぐに仕事の予定を入れてしまう。よって、もともと休み自体すごく少ないのだ。相手が私なのだから、彼の仕事がどれだけ大変なのか理解している。だから結婚にまつわる、もろもろの行事をわざわざする必要はない。

しかし彼は納得しない。

「別に美涼のためだけじゃない。夫婦としてゆっくりふたりで過ごしたいんだ。そんな困った顔しないで、美涼にも楽しんでほしい」

確かに今の私の態度は、彼の好意を無下にするようで失礼かもしれない。私だって結婚式や新婚旅行に憧れがないわけじゃないし。

こういうかわいくないところ、直していかないといけないな。これからは秘書じゃなく妻なのだから、考え方も柔軟に変えていかなくてはいけないだろう。

「はい、あの……私も楽しみにしています。どこか調整できないか、他の重役秘書の方と相談してみますね」

「美涼の腕の見せどころだな」

「はい。頑張ります」

これからは彼を公私共に支えるのだと決心する。

彼と結婚すると決めた。自分で決めたのだから前向きに一生懸命やる。そうやって今まで努力してきたのだから、これからだって大丈夫。

もう昔の私には戻りたくない。

「次は、美涼の両親にご挨拶をしないといけないな。今から電話で挨拶くらいしておいた方がいいな」

あぁ、そのことがあった。箕島家と違って格式など皆無だが、両親と私の考え方が違うので結婚の報告となれば調整が必要だ。

「そのことなんですけど、うちの両親すごく過保護なんです。女の子は地元の人と結婚して家庭を持つのが一番の幸せだって今も思ってるような感じで。だから結婚についても事前に私から説明しておきたいんです」

社長は私の申し出に嫌な顔ひとつしなかった。

「そうか、わかった。俺にできることがあれば言ってくれ。挨拶に行く日は美涼が決めていいから。幸い俺のスケジュールは把握しているしな」

「はい、そうさせてもらいます」

実は実家の母には雅也と別れた際に『彼氏とうまくいっていない』という話をしていた。娘の不幸話なのに、母は『こっちに帰っておいで』と声を弾ませていた。

だからしっかり話をしないといけない。

「ご両親には、元カレと別れた話をしているのか？」

「ざっくりと『うまくいっていない』って伝えた程度ですけど」

私の返事に社長が、なにか考えているようだ。

「それなら、俺とずっと付き合っていたことにすればいい。喧嘩してダメになりそうだったけど、仲直りしてそのままゴールイン」

「でもそれ、嘘ですよね」

「あぁ。でも嘘も方便って言うだろう。妙な勘繰りや心配をさせないのも親孝行だ」

確かに彼の言う通りかもしれない。ただでさえ心配性の母親なのだから。わずかに罪悪感があるものの、そうした方がお互いのためのように思えた。

「とりあえず挨拶が終わってから入籍日を決めるか。今日決められることはもうないな」

「はい。では私はそろそろお暇しますね。最寄り駅はどちらになりますか？」

バッグを持って立ち上がろうとした私の手を、社長がギュッと引っ張った。

「なに帰ろうとしてるんだ。そういうところだよ、本当に自覚がないな」

「え？」

「手続きについての段取りは確かに終わった。だけど俺の妻になる準備はできてないだろ？」

妻になる準備とは……？

「礼儀作法とかマナー、いやお料理とかですか？　確かに普通の家庭料理しかできませんけど」

どこから手をつけるべきかと真剣に悩む。

しかしそんな私を見た社長は、ぷっと噴き出した。

「そういうことじゃなくてさ、これから夫婦になる俺たちがふたりっきりでいるんだ。なにするかくらいわかるだろう？」

「夫婦が……えっ」

彼が私の腰を引き寄せる。さすがに色恋沙汰に鈍い私でもわかって、急に彼を意識してしまう。

「決まってるだろ、ふたりっきりですることっていったら」

意味ありげな視線は、どこかおもしろがっているようにも見える。ジッと私の目を見つめてこようとするので、あちこち視線を向けながらなんとか逃げられないかと考えた。

「あ、あれ！　彼氏の実家の部屋でやることって、あれですよね。アルバム、そうだ

「アルバム見るんですよね？」

　勢いよく立ち上がった私は、照れ隠しで「どこかな？」なんて本棚を物色する。

　ちらっと彼の方を見ると、笑いをこらえているのか口元を押さえ肩を揺すっている。

　そんなに笑わなくてもいいのに。だって家族がいる家でそんな……無理だわ、絶対。

　顔を熱くしながら本棚を覗いていると、彼が私の背後に立った。そして私の目の前にある濃紺の背表紙の冊子を手に取る。

「これが小さい頃かな、いつぐらいまでのだろうか」

　その隣にあるものと合わせて数冊手に取った社長が、ソファに持っていく。興味津々の私も彼の隣に座ってアルバムを手に取った。

「はぁ、かわいい。まるで天使ですね」

　大袈裟ではない。一ページ目を開くと赤ちゃんの頃の社長の写真があった。澄んだ瞳にくるんと上向きのまつげ、ぷくぷくのほっぺに、赤い唇。羽さえあれば地上に舞い降りた天使だ。

「赤ちゃんの頃から、こんなに完成度が高いなんて」

　人生のスタート地点で、一般人とは大きすぎる差があるのだと思い知る。

　それから大きくなるにつれ、彼の完成度が上がっていく。

「どの写真も女の子がたくさん写っていますね」

小、中、高、大学とどの写真も、周りにはかわいい子がいっぱいだ。

「そうか？　気にしたこともなかったな」

きっと彼にとってはそれが日常なのだろう。

「美涼の写真も実家で見せてくれるんだよな？」

「え……それはちょっと。私、中学生までものすごく太っていて見せられるような写真がないので」

あまり思い出したくない過去だ。アルバムはもちろん東京には持ってきておらず、実家に置きっぱなしにしている。

苦笑いを浮かべる私だったが、社長は特に気にしていないようだった。

「そんな話をしていたな。まあ美涼が見せたくないなら無理にとは言わないが、そんな風に頑なになるのもよくないと思うがな」

「確かにそうかもしれませんが」

これは経験した人じゃないとわからない痛みだ。もちろん社長は人生で一度も周囲から蔑まれたことなどないだろうだから、この気持ちはきっと理解してもらえない。

内心、卑屈にそう考えていた。昔のことは水に流してとか忘れてって言うけど、なかなかそうはできない。

「過去の美涼があるから、今の頑張り屋の美涼がいる。何事も努力して自分で勝ち取ってきたんだ。だから卑下する必要なんてない」

彼に言われてハッとした。

過去のつらかった思いだけにとらわれすぎていた。

「俺は過去の美涼も今のお前の一部だと思うけどな」

私は彼の言葉に、目が覚めたような気になった。

「自分のことなのに、そんな風に思ったこと一度もなかったです」

「真面目なんだよ、美涼は。もう少し肩の力を抜いて、これからは俺に頼って」

「はい」

過去も今もこれからの私のことも、彼は肯定してくれている。

どういう意図があるにしろ私を大切に思っていなければできないことだと思うと、胸が熱くなった。

彼と話をしていると前向きになれる。この間まで暗くて重い気持ちが胸の中を占めていたのに、彼に導かれてどんどん明るい方向に進んでいくようだった。

「はぁ、疲れたぁ」

自宅マンションに戻ってきた私は部屋の明かりをつけ、そのままソファに直行する。

本当は社長が贈ってくれたワンピースが皺になると嫌なので、さっさと着替えてしまいたいのだが、心も体も疲れ切っていて動けない。

ギュッと目を閉じて、ぼんやりと昨日からのことを考える。

これまでの人生で、ここまで濃厚な時間があっただろうか。今までも自分では色々あった人生だと思うけれど、きっと一般的に見ればありきたりなものだろう。

それがこの二日間、ドラマや小説のような出来事が立て続いている。自分の身に起こっていることなのに、どこか他人事にすら感じる瞬間もあったほどだ。

しっかりしなきゃ。

社長も結婚を希望しているとはいえ、自分が言いだした〝地元に帰りたくない〟というわがままじみた願いから始まった。いわば彼は巻き込まれた側の人間だ。

幸い一生懸命仕事をしていたおかげで、秘書として彼にいてほしいと言われ、彼の両親もなぜだかこの結婚に大賛成のようだ。

社長は私にはもったいない人だというのはわかっている。けれどこうして迷惑をかけるのは決定したのだから、自分のできる精いっぱいで応えるしかない。

とはいえ、さっきも送ってもらう車の中で色々と指摘された。『次いつ会うか？』という彼からの質問に『週明け、月曜には出社しますが？』と色気もなにもない答えをして『妻の自覚ゼロ』だと言われてしまった。

秘書としての付き合いはそれなりにあっても、妻となると決まったのはつい先ほどなのだから仕方ないじゃないと、心の中でひとり文句を言っておいた。

これからどんどん慣れていくのかな。

まずは、実家に電話しなきゃ。先延ばしにするなと釘を刺されたからだけではなく、今報告しておかないと、迷いが出そうだからだ。

スマートフォンを手にして実家に電話をかける。

五コール目で《船戸でございます》という、聞き慣れた母の声が聞こえた。

「お母さん、私、美涼」

《美涼いいところに電話がかかってきたわ。あのね――》

「ちょっと待って、私の話を聞いてくれない？」

母がなにか話したそうにしていたが、話しはじめると長いのだ。今日はどうしても社長との結婚の話をしたいので、牽制しておく。

《あら、あなたからなんてなにがあったの》

いつも母との電話は、向こうが一方的に話したいことを話すので、私から話をするのは珍しい。

「お父さんとお母さんに、会ってほしい人がいるの」

《それってもしかして――》

「結婚したいの」

どんな反応をするだろうかと色々考えていたが、まさか予想外に黙り込んだ。

「お母さん？」

《あなたこの間、彼氏とうまくいっていないって。それで見合いでもしなさいってお母さん言ったわよね？》

「うん、それが色々あって結婚しようって話になったの」

相手は違うが、その話はしないでおこうと決めた。

《そんな、困るわ！》

「困る？　どうして……」

反対されるならまだ理解できるけれど〝困る〟とはどういう意味だろうか。

《実はあなたにお見合いの話があるの。取引先だから断れないのに》

母の言葉に怒りとも落胆とも思えない気持ちが渦巻く。私にとって大事なことなのに、本人の了承なしに話を進めるなんて。

「お母さん、どうしてそんな勝手なことしちゃったの？」

《仕方がなかったのよ、あなたもわかっているでしょ、店が大変なの。それに相手の方も今は東京にいるっていうから、話も合うと思って》

店の経営が苦しいのはわかっている。島にある家族だけで経営する小さな和菓子屋だ。昔ながらの経営をしているので、爆発的に顧客が増えるようなことはない。

《ねぇ、あなたも家族のことを思うなら、会うだけでも会ってみて。もしかしたら、気が合って、今の結婚相手よりもいい人かもしれないじゃない？》

無理だと言って断るべきだと思う。だが実家の事業のことを思うと無下にできない。家族がどんな思いで店を切り盛りしているのかを知っているし、なによりも私が父の作る和菓子のファンなのだ。

母の勝手な言い分には、ため息が出る。しかし会わずに断るとなると角が立つ。せめて会ってから断るべきだ。

「わかった、でも本当に会うだけですぐにお断りするからね。私にできるのはそれだけだから」

《美涼ありがとう。相手はね『南星《なんせい》銀行』の頭取の息子さんで、田辺直哉さん。あな

た高校が一緒だったの覚えていない？》

「え、田辺くんが相手なの？」

まさか見合い相手が知り合いだとは思わず驚いた。しかし彼ならば、断ったところで理解してくれるだろう。

むしろ向こうは私と見合いしなくちゃいけなくて、嘆いてるだろうし。

《そうなのよ。とりあえず断るにしても失礼のないように、お願いね》

「わかったわ。日程は決まっているの？」

《来週の土曜日、ロージアンホテルのカフェテリアだって》

私の予定も聞かずに、なぜそんなタイトなスケジュールを組んだのかあきれてげんなりしてしまう。それに、社長と泊まったホテルだなんて。

「そんなに急なの？　もう、今さら言っても仕方がないよね。本当に会うだけだからね」

私は念を押して電話を切った。自然と大きなため息が出る。

「はぁ、もう。どうしてこんな面倒なことになっちゃったんだろう」

スマートフォンを握りしめたまま、ソファに勢いよくもたれかかる。

一難去ってまた一難って、こういうこと？

そこで大事なことを思い出し、ハッとする。

「社長との結婚の話、結局なんにもできてない」

なんのためにわざわざ母に電話をかけたのかとがっかりする。ただ面倒事を増やしただけに終わった。

社長には、両親が忙しくまだ連絡ができてないということにしよう。田辺くんとの見合いの話なんて相談できるはずない。これはうちの家の問題だから、私がなんとか解決しなくちゃいけない。

急な日取りに最初は驚いたが、結果がわかっているんだから早く済ませた方が、相手のためにもなるだろう。

見合いが終わった後、改めて挨拶の日程を決めよう。先に懸念材料をなくして、結婚の準備をひとつずつしていった方がいい。

「とはいえ、田辺くんかぁ。気が進まないな」

狭い島暮らしなので、地元が一緒ならば出身校が同じというのは珍しくない。彼は中学から何度か同じクラスになっているのでもちろん昔から知らない仲ではない。

だから向こうも昔の私を知っている。中学時代に一部のクラスメイトから、心ない言葉をかけられ、傷つくような態度を取られていた。彼はいじめに加担するタイプではなかったのだが、ある日彼が友人たちと話しているのを聞いてしまったのだ。『船戸相手なら、告白失敗するやついないだろ。次の罰ゲームは船戸に告白でどうだ』と。

中学生男子の他愛もないちょっとしたいたずらだと、今なら思える。しかし当時の私には自分が〝罰ゲームの対象になる〟ということ自体ショックだった。自分がそこまで嫌われているとは、思わなかったのだ。その事件から、ますます自信がなくなった。その分、努力をするようになったのだけが救いだ。

それからは自然と彼を避けるようになった。向こうからも積極的に関わってくることもなかったのだが。

二度目に彼と関わったのは、東京の大学に合格した時だった。

私や千里を含め何人かが就職や進学で上京することになった。狭い土地だから進路についてはすぐに広まるので、みな私が東京に行くことは知っていた。

高校の卒業式の日。田辺くんとその友人に呼び止められた。あの日のことを今でも覚えている。ひとりの男子が私を見つけてからかったのだ。

『船戸、東京行っても彼氏なんかできないんだから、田辺に付き合ってもらえよ』

周囲の男子がくすくす笑う中、田辺くんは気まずそうに立っているだけだった。

『田辺くんに悪いよ、そんなこと。私急ぐから』

もう二度と会わない人だと思いつつも、悔しさを抱えながら帰宅した。その頃の私の気持ちはもう東京での生活に向いていたのでそこまで落ち込まなかったけれど、しっかりと記憶に残るくらいには傷ついている。

おそらく彼はそんなこと覚えてもいないだろう。その証拠に東京で何度か会った時も態度は普通だった。むしろ同郷のよしみなのか、気を遣って話しかけてくれていた。

「はぁ、気まずい」

けれど、まったく知らない人よりは断りやすい。

私は少しでも気持ちが軽くなるように自分に暗示をかけて、憂鬱な見合いの日を迎えた。


大理石のフロアを行き交う人々。

土曜日の午後の昼下がり、ホテルのカフェテリアは多くの人でにぎわっていた。大きなガラス窓から差し込む太陽の光が心地よく、極寒の二月だということを忘れてしまいそうだ。

メニューにはバレンタインにちなんだチョコレートのスイーツが並んでいるが、今の私にそれらを楽しむ余裕などない。

はぁ、胃が痛いな。早く終わらせたい。

こんな気持ちで臨む見合いほど失礼なことはないと思い直して、姿勢を正す。私にできるのは、頭を下げて誠心誠意お断りすることだ。

挨拶をした後、いきなりお断りの話をするのはさすがにどうだろう。どういう風に会話運びをすればいいのかシミュレーションをしていると、伏せていた視界に、磨かれたこげ茶色の靴が入る。

すぐに顔を上げると、そこにはスーツ姿の田辺くんがいた。会う時はいつも私服だったので、改まった姿の彼を見るとお見合いなのだとはっきり意識してしまい、余計に緊張が増した。

「田辺くん」

「船戸さん、待った？」

「あ、ううん」

私が立ち上がろうとすると、彼は手で座っているようにと促してきたのでそのままの状態で彼が正面に座るのを待った。

「なんか、変な感じがするよな」

「うん、そうだね」

ぎこちない笑顔を向けることしかできない。

そして、向かい合って座って気が付いた。知った相手の方がこちらの事情を話しやすいと思ったけれど、決してそんなことはなかった。やはり気まずいものは気まずい。

お互いの前に注文したコーヒーが並ぶと、田辺くんが先に口を開いた。

「見合いの話を聞いてびっくりした？」

「うん。地元の人って聞いていたけど、まさか田辺くんだなんて思わなかったから」

「うちの両親はできれば地元の人と結婚して、ゆくゆくは向こうに帰ってこいって言ってるんだ。船戸さんのところは？」

「まぁ、うちも似たようなものかな」

彼の実家は地元で一番大きな地方銀行の一族だ。うちのような小さな和菓子屋とは事業のレベルが違う。それだけ彼に対する期待も大きいのだろう。

「私が相手でがっかりしたよね。ごめんね」

田辺くんは昔から女子に人気があり、そんな選ぶ立場の人間の見合い相手が私で申し訳ない。

「いや、そんなことないよ。船戸さんはさ、昔からあまりうるさく騒いだりしないし、聞き上手だしな。それに昔と比べてかわいくなったし」

聞き上手……とは少し違う。なにか変なことを言って、ターゲットにされるのが嫌だっただけだ。確かに見かけは変わったけれど、それで彼の中の私の価値が変化したのだと思うと、心の中は複雑だ。

田辺くんは昔から私の前では、直接ひどい態度を取ることはなかった。本音を隠してくれるだけでもありがたかった。曖昧に笑うことしかできない。

「俺たちも親に結婚を急かされる歳になったんだな」

「そうだね。地元じゃこの歳だと結婚してる子の方が多いからね」

お互い両親のおせっかいに思うことは一緒のようでホッとする。

私は彼も自分と同じ気持ちなのだと判断して、結論を伝える。

「あの、うちから断ると角が立つから、今回の話は田辺くんから断ってくれない？

実は私、結婚を考えている相手がいるの」

私の言葉にこれまで穏やかな表情を浮かべていた田辺くんの顔が一変した。眉間に刻まれた皺が不快感を表している。

「どういうことだ？　この間会った時、彼氏に振られたって言ってなかったか？」

彼に自分の事情を知られていたのを、今頃になって思い出した。

「そうなんだけどね、色々あって――」

「嘘に決まってる」

低い声に驚いて、田辺くんの顔を見る。すると彼は鋭い視線でこちらを睨んでいた。

「田辺くん……あの」

「そんな嘘をつくほど、俺との見合いが嫌だったのか。これでも俺は今までずっと選ぶ方の人間だったのに、船戸さんが断るのか？」

「それは」

どうしよう。彼のプライドを傷つけてしまったようだ。

私が彼を苦手としているのは、こういうところがあるからだ。普段は物腰が柔らかいけれど、人に優劣をつけたがる。学生時代から変わっていない。

これ以上彼を怒らせないように慎重に言葉を選ぶ。

「違うの、本当なの。確かに彼氏とは別れたんだけど、別の人との結婚話が進んでいるのよ。母に説明する前にこのお見合い話が決まっていて……。うちの立場からは断れないから、気を悪くさせてごめんなさい」

「そんな話、信じられると思うか？　絶世の美女ならわかるけど船戸さんにそんな価値があるとでも？」

あぁ、彼は完全に本性をむき出しにしてしまった。きっと長年自分よりも下の立場にいると思っていた私が、彼の思い通りにならなかったことに、我慢がならないのだろう。

「ごめんなさい」

おそらく私がなにを言ったところで、こうなってしまったら彼は聞く耳を持たない。私に残された道は、ただひたすら頭を下げて謝ることだけだ。

「最初にきちんと、お話ししておくべきでした。本当にごめんなさい」

テーブルにつきそうな勢いで頭を下げる。次はなにを言われるだろうかと身構えていると、その場にいるはずのない人物の声が聞こえてきた。

「美涼は嘘などついていませんよ」

驚いて顔を上げ、目の前にいる人物を見て声をあげた。

「社長っ。どうしてここに？」

彼は私を一瞥こそしたが、質問には答えない。

田辺くんは、突然現れた社長に驚いた後、不快感をあらわにした。

「急になんなんですか？」

当然の質問だ。私が答えようと口を開きかけたところを社長が制止した。

「あなたがいるはずないと言った、美涼の婚約者です」

田辺くんが目を大きく見開く。それもそうだろう。彼がいないと断言していた、私の婚約者という男性が目の前に現れたのだから。それも誰もが振り返るような極上の男性。

あっけに取られた田辺くんはそのまま固まってしまった。

埒が明かないと思ったのか、社長が口を開く。

「申し訳ないが、私は美涼との婚約を解消するつもりはない。だからこの見合いはそちらからお断り願いたい。もし慰謝料等が必要ならばこちらに請求してください。弁護士が対応します」

差し出された名刺を受け取った田辺くんが、今度は目だけでなく口も大きく開いた。

「箕島商事の社長⁉」

「では、失礼します。行くぞ、美涼」

「え、でも」

ちらっと田辺くんを見ると彼は、まだ名刺を見つめたまま固まっていた。

「いいから、立って」

社長に手を引かれて、私は立ち上がった。

「あの、田辺くん。ごめんなさい」

社長がそのまま歩きだしたので、私は頭を下げて引きずられるようにして歩いた。

カフェテリアの出口で、フロアマネージャーがやってきて社長に目礼をする。彼は私と手を繋いでいない方の手を軽く上げると、その場を離れた。

「あの、まだ支払いが」

「さっき済ませた」

済ませたって、軽く手を上げただけで？

「そんなことより、お前はもっと別の心配をした方がいいんじゃないか？」

「はい」

社長に今日の見合いを黙っていた。きっとそのことで怒っているのだろう。

あたり前だ、こんな裏切りに似た行為に気分がいいわけない。

「ごめんなさい」

謝ったけれど返事はなく、無言の彼から感じる怒りに焦りばかりが募る。

しかしこういう時に下手に言い訳するのが一番よくないと思い、彼が話を聞いてくれるようになるまで私は黙って彼についていくことにした。

エレベーターに乗せられて到着したのは、この前と同じ部屋だった。

「この部屋」

「あぁ、俺がこのホテルにいる間はすぐに使えるようにしてある」

私の疑問に先回りして彼が答える。

「そう、なんですね。あの、社長はどうして今日ここに？」

「いきなり俺が浮気現場に現れて驚いたのか？　上の階で人と会っていたんだ。そうしたらコンシェルジュから連絡があった。君の顔をどうやら覚えていたようだな」

以前ふたりでここに宿泊したことを、一流のホテルマンは記憶していたようだ。普通ならば、顧客のプライベートに関しては見て見ぬふりをするのだろうが、社長はかなりのお得意様のようで、情報が筒抜けだったらしい。

「そうだったんですね。あのもちろん、浮気ではないです。あれは……ちゃんと話をしてなくてごめんなさい」

今回のことは、全面的に私が悪い。事情を説明するとともに、心から謝らなくてはいけない。

彼がソファに座って、視線で隣に座るように促した。黙って従い隣に座ると、ふたりの間に沈黙が流れる。今まで仕事でお叱りを受けることは多々あった。しかしこんな風に話しかけづらいほど、彼が怒りをあらわにしているのは初めて見た。

どうするのが正解なのかわからない。それでも原因を引き起こしたのは私だから、どれだけ叱責されようと頭を下げる覚悟で口を開く。

「だ、大事な話をせずに、黙っていてごめんなさい」

思ったよりも声が震える。しかし、ちゃんと自分の気持ちを伝えなくてはいけない。

「怒っていますか？」

「あたり前だろう。この間やっと捕まえた自分の婚約者が他の奴と見合いしているんだぞ。ありえないだろ？」

低い声と鋭い視線。彼の怒りが伝わってくる。

「最低のことをしたと思っています。申し訳ありません。実は母に頼まれてしまって、メインバンクの銀行の息子さんということで断れなかったんです」

うつむいたまま、事情を説明する。

「しかし次から次へと色んな男が現れるな」

「本当にごめんなさい。タイミングが悪くて」

元カレに、見合い相手。彼にしてみれば面倒なことこの上ない。

「なぜ俺に相談しなかった？」

もっともな質問だ。

「ただでさえ迷惑をかけているのに、うちの事情に巻き込みたくなかったんです」

先方から断ってもらって、それで終わると簡単に考えていた。

「社長に嫌な思いをさせるつもりなんてなかったんです。相手も高校時代の同級生だったので、話して向こうから断ってもらうつもりだったんですけど」

「それで、あいつのあの失礼な態度か」

いつから見ていたのだろうか、あまり見られたくないところを見られてしまった。

「お前はあんな風に言われていい女じゃない。もっと自信を持って。これからは誰であろうと、俺の婚約者にあんな風に言わせない」

嫌な思いをさせたにもかかわらず、私に対する気持ちを変えないでいてくれた。私の間違いを責めるでもなく、むしろもっと自信を持てと。

こんな風に見守ってくれる彼に、私はなんてことをしてしまったのだろうか。不甲斐なさで心底落ち込む。

「反省してるか？」

「はい」

私は彼の顔を見て、しっかりと返事をした。

「それなら、実感させてくれ。お前が俺の婚約者だってことを」

彼が私の腕を引いて、ギュッと抱きしめた。広く温かい胸に抱かれ、それまで彼への申し訳なさと後悔でいっぱいだった胸の中の負の感情が、少しずつ和らいでいく。

そしてその代わりにホッとした気持ちと、彼に触れられていることでドキドキする感情が湧き上がってくる。

「俺にこうされるのは、嫌か？」

「嫌じゃないです。でもすごくドキドキしています」

このドキドキがなにを意味するのか、今はまだはっきりとわからない。それでも彼の腕を心地よく感じる。

「そう、よかった。顔見せて」

彼に言われるままに、顔を上に向ける。すると自然に彼の視線とぶつかった。

「俺たちの関係が上司と秘書という関係から変わったのは、つい一週間前だ。それでも俺はもう婚約者のつもりだ。だからどんな小さなことでも、困ったことがあれば相談してほしい。これは俺のわがままか？」

「いいえ。でも、私は社長に迷惑をかけたくなくて」

ただでさえなんの取り柄もない私。社長はそれでもいいと言ってくれているが、足だけは引っ張りたくない。

「それがダメだって言ってるんだ。仕事じゃない、家族になるんだ。俺はお前をひとりで泣かせたくないし、守りたい。わかったな、美涼」

言い聞かせるような彼の目に、心が救われたような気がした。

「はい……要さん」

私が彼の名前を呼ぶと、一瞬驚いたような顔をして、そして微笑んだ。

「やっと俺の名前を呼ぶ気になったんだな。この間のこの部屋で呼んで以来だな」

「これからは、要さんとお呼びしていいでしょうか？」

「もちろんだ。俺は単純だから、たったそれだけのことで、今日の嫌なことをすべて忘れそうだ」

「大袈裟ですよ」

暗い空気を一変させようと、明るく言う要さんの優しさに救われる。

「大袈裟でもなんでも、美涼が笑うならそれでいい」

彼の手が頬に添えられ、ジッと私を見つめる瞳に、キスの予感がした。私はそっと目を閉じて彼の唇を受け入れた。

バレンタインも終わり、街のショーウィンドウがホワイトデーに向けて様変わりした頃。私の両親に結婚の挨拶をするべく、実家に向かっていた。

羽田空港から飛行機に乗り、空港からタクシーで港まで向かう。そこから高速艇に乗り三十五分ほどかかる私の実家。乗り物の便数も少なくいつもは移動でほぼ半日つぶれてしまう。

だから挨拶は電話で済ませて、両親を観光がてら東京に招待するのでもいいかなと思っていたのだが、彼がどうしても私が生まれ育ったところを見たいと言った。

移動にかなりの時間がかかってしまい、忙しい彼にとって時間を無駄にすることにならないだろうかと悩んでいたのだが——。

彼は私の悩みを一蹴した。『ヘリを使えば片道三時間もかからないだろう』と。まさかこの私が実家にヘリコプターで帰省する日が来るとは思わなかった。

ヘリコプターに乗るのは初めてだったが、思いのほか楽しめた。ヘッドホン越しの会話にはなったが、彼との空の旅のおかげでいつも憂鬱だった実家への帰省を遠足気分で過ごせた。

実家近くのヘリポートに降り立ち、そこからタクシーに乗って実家に向かう。狭い町なので、実家の和菓子屋の名を告げると、道案内をしなくても到着した。

いいように言えば赴きのある、平たく言ってしまえば古い店舗、工場兼住宅の我が家。ここから早く抜け出したいと思って暮らしていたのに、帰ってくると懐かしいと感じるのだから不思議なものだ。

「ただいま」

店の方へ行けば誰かいるだろうと、声をかけた。予想通りガラスのショーケースの向こうに立つ母と目が合った。

「美涼。そんなとこ立っとらんと、はよ中に入り」

母は作業の手を止めずに、ぶっきらぼうに声をかけてきた。田辺くんとの見合いを断ったことで機嫌を損ねているのかもしれない。最初から断るつもりだと伝えていたけれど、母からすれば思い通りにいかなくて、腹立たしく思っているのだろうか。

「お邪魔いたします。箕島要です」

おそらく母のつっけんどんな態度に気が付いているはずなのに、要さんはにこやかに母に頭を下げる。

「ここで話をしていると迷惑だから、玄関の方に回って。鍵は開いとるけん。お父さーん、ちょっと手を止めて。美涼が帰ってきたんよ」

母は工場の方へそのまま父を呼びに行った。

いまだに在宅時には施錠すらしないのだなと驚きつつ、店から自宅の方へ移動する。

「すみません、母の態度が悪くて」

「いや、まあ、仕方がないさ。お母さんからしたら俺がいなければ見合いはうまくいったと思っているだろうし」

確かにそう思っていそうだ。

「基本的には私のことを大切にはしてくれているんです。ただ価値観が合わないだけで。親の言う通りにしているのが、幸せだろうって思ってるんですよね」

だからこそどんなに理不尽だと思っても、強く出られないのだ。根本にある親心を知っているから。

鍵のかかっていない玄関から中に入る。懐かしい匂いに頬を緩ませて、要さんをリビング奥にある客間に案内する。

きちんと座布団が敷かれており、飾り棚には花が生けてある。私たちが来るので、忙しい仕事の合間を縫って母が準備したのだろう。一応話を聞くつもりはあるようで、安心した。

作業場の方の廊下から足音がして、すぐに父が顔を出した。

「すみません、こんな格好で。急ぎの注文が入ってしまって」

父は帽子を取りながら要さんに頭を下げた。

「いえ、無理を言ってお時間を取っていただきありがとうございます。箕島要です」

さっと名刺を取り出して父に渡す。

「はぁ、ありがとうございます。さぁ、座ってください」

職人気質で口下手な父は、私たちの向かいに座るとそのまま、そわそわと母が来るのを待つ。

店を継ぐ予定の兄は、すでに結婚している。その時の結婚の挨拶とはまた違うのだろう。

母がお茶と我が家自慢の豆大福と湯呑をお盆にのせてきた。要さんと私の前に置き、父と母の前にはいつも使っている湯呑を置いた。

一同が落ち着いた頃を見計らって、要さんが座布団から畳に座り、両親をしっかりと見つめた。

「美涼さんとの結婚をお許しください」

要さんは、真摯な態度で言葉を続ける。

「これまで彼女を大切にお育てになった話は聞いております。手元に置いておきたいというご両親の思いも聞きました。それでも彼女と共に生涯を過ごす権利を私に許していただけないでしょうか」

深く頭を下げた彼に、父が慌てて声をかけた。

「箕島さん、顔を上げてください」

言われる通りにした要さんだが、まだ畳の上から動かない。おそらく両親から許可がもらえるまでそうしているつもりなのだろう。

黙ったままだった母が口を開いた。

「急にやってきて結婚したいだなんて。美涼にはこちらでいい人を見つけるつもりだったのに」

「やめなさい」

父が止めるのも聞かずに、母は話し続ける。

「だって、あのままこの間のお見合いがうまくいっていれば、うちの店もなんとかなるはず――」

「やめなさいと言っている。子供の前でする話じゃないだろう」

やはり田辺くんとの縁談には、そういう意図があったのだと確信する。要さんには聞かれたくなかった話だと、隣にいる彼の顔色をうかがう。

「その話、差し支えなければお話しいただけませんか?」

そこで父が口を開き、私と田辺くんの見合いに至った経緯を話してくれた。見合い話を持ちかけてきたのは向こうで、もし今後姻戚関係を結ぶことになれば、事業の手助けも視野に入れるという話だった。

「もちろん、美涼の気持ちが一番だけど、うちとしてはありがたい話だと思っていたんです。考えたら情けない話ですよね。大事な娘の結婚と引き換えに助けてもらおうなんて」

両親からすれば娘は地元に戻って結婚し家庭を築き、事業も持ち直すのでいいことずくめだろう。

彼はまっすぐに両親の方を見ながら口を開いた。

「私たちの結婚がご両親のご意向に添わない結婚だというのは理解しました。しかし私には彼女がどうしても必要なんです。また彼女もそう思ってくれていると思います」

彼が私の方を見たので頷いた。

「どうでしょうか。そこでひとつ提案なのですが、私の方でこちらのお店の経営について、お手伝いさせていただくことは可能でしょうか？」

「要さん、いきなりどうしたんですか？」

そんな話は、ひと言も聞いていなかった私は驚いた。

「美涼から実家の話を聞いて、ずっと考えていたことなんだ」

彼は私にそう言って、もう一度両親の方を見た。

「私の知己のコンサルティング会社に入ってもらって、今後の方針について考えてみませんか？　お兄様がお店を継ぐということですので、今までのやり方を踏襲しながら新しい試みもいくつか試していく。そういう提案ができると思うんです」

「しかしうちはコンサルティングを頼むような規模の事業ではないですから」

「規模は関係ありません。今困っていることを解決して、新しい道を作る。今後も事業を続けるなら大切なことです」

両親は顔を見合わせている。

「お父さん、お母さん。要さんもこう言ってくださっているんだから、話だけでも聞いてみて判断したらどうかな？」

父も母も店をどうにかしたいという思いはあるのだからと背中を押す。

「彼女が実家の和菓子が大好きだと言っていたので、私もそれを守るお手伝いができればと思います」

要さんの言葉に、父が頭を下げた。

「ありがとうございます。娘のこと、よろしくお願いします」

「必ず大切にします」

彼の真摯な態度に、母もしぶしぶ承諾したかのように頷いた。

その後、彼の希望で工場内の見学をして、父の自慢のお菓子を一緒に食べた。父のつたない説明を一生懸命聞いてくれている姿に、なんだか胸が熱くなる。

「大企業の偉い人だって聞いて身構えていたけど、いい人そうじゃないか」

父と要さんを離れた場所で見ていると、兄が近付いてきて微笑んだ。

「結婚おめでとう」

「あ、うん。ありがとう」

兄からの素直な祝福の言葉に、胸がくすぐったくなった。

へリポートで家族に見送られ、東京に到着した。タクシーの車内で改めて彼にお礼を言う。

「今日は本当にありがとうございました。父がすごく楽しそうにしていてうれしかったです」

自分の仕事に誇りを持っている父は、要さんが興味を持ち、話を聞いてくれたことがうれしかったようだ。

「美涼の家族のことを知りたいと思ったから、そうしただけだ。互いを知るチャンスはできるだけ有意義に使いたいからな」

確かに頻繁に行き来できる距離ではない。

本来なら私の家族まで大切にする必要は彼にはない。それにもかかわらず、きちんと向き合ってくれたのは私のためだと思っていいのだろうか。

「なにもかも、私のためにありがとうございます」

「これで準備は整った。あとは美涼の気持ち次第だな」

「私の？」

結婚に向けてはこれでいいのかと迷いはあるけれど、前向きに固まりつつある。他になにがあっただろうか？

「俺の部屋に来るか？」

いまいちピンときていない私に、彼はわかりやすく伝えた。

「お邪魔します」

緊張しながら玄関に入ると、廊下の左右に扉が並び、つきあたりにも扉があるのが見えた。

要さんの自宅マンションは知っていたが、これまで届け物をしたり迎えに来たりするだけだったのでエントランスしか足を踏み入れたことがなかった。エレベーターに乗り彼のプライベート空間に足を運ぶ行為に、これまでとは自分の立場が変わったのだと認識する。

都会のど真ん中にある低層マンション。大きな公園やターミナル駅が近くにあり、憧れの街として有名な場所にある。外観もさることながら共有部分も豪華な造りになっていて、いわゆるセレブな人たちの住まいとして人気がある。

案内されたリビングの扉が開き、私は思わず「広いっ」と素直な感想を漏らす。リビングだけでも私のマンションの部屋がまるまる入ってしまうほどの広さだ。家具も調度品も空間にマッチしており、まるでモデルルームの一室にいるようだった。

「綺麗にされているんですね」

彼は会社のデスクや持ち物も、いつもきちんとしている。

「まあ、寝に帰るだけだし。週に一度は、業者に掃除に入ってもらっているから」

忙しい彼らしいエピソードだ。

「こんなに素敵な部屋なのに、もったいないですね」

「そう思うなら早く一緒に住んで、美涼が好きに使えばいい。それとも別の部屋を買うか？」

「いえ、とんでもない。ふたりでも十分すぎる広さですよ」

廊下を歩いた時に扉がいくつかあった。これなら一緒に暮らしても互いのプライベートは守れるだろう。彼は妻や秘書として私を受け入れてくれているが、そこに恋愛感情はない。そのことを忘れてはいけない。

「なら、早く越してこい。これ、飲むだろう?」

いつの間にかキッチンカウンターに移動していた彼が、私に向けてワインの瓶を見せた。

「あの手伝います」

「いや、今日はまだ美涼はお客様だから俺がやる。美涼の世話するの結構好きなんだ」

「そうですか……ありがとうございます」

無意識に顔が熱くなる。こんな風に大切にされるのに慣れていないから。

彼がワインとグラス、それにチーズやナッツ、チョコレートをトレイにのせて運んできて、私の隣に座る。

ふたつ並んだグラスにボトルからワインを注ぎ、ひとつを渡された。受け取り、お互いにグラスを掲げ、口をつけると、濃厚な赤ワインの芳醇な香りが鼻に抜けた。

「美味しいです。これってうちで輸入しているものですか」

普段好んで飲むのは白だが、飲みやすい。

「あぁ。現地の農園と直接取引してる。うまいよな、これ」

うれしそうにそう言ってグラスの中身を飲み干した彼は、自社の成果を口にして喜んでいるように見える。

「それ、ちゃんとつけてくれたんだな」

彼が私の首元を指さす。

「はい。今日つけるなら、絶対にこれだなって思って」

私の首元にあるのは、ひと粒ダイヤのペンダント。これは秘書になって一年くらいたった頃だろうか。出張帰りの要さんがお土産にと私に買ってきたものだ。

「あの時『困ります、次からは高価なものは受け取りません』って言われたんだよな」

「そうでしたね。ただの秘書がもらっていいものではありませんから」

ニューヨークの五番街に本店があるジュエリーショップのもので、普通の会社員がポンと買える値段のものは扱っていない。

「でも本当に素敵で、実は時々引っ張り出して眺めたりしていたんです。だから今日このペンダントをつけているところをお見せできてよかったです」

このペンダントについて、要さんにとっては拒否の記憶の方が強いだろう。

「改めて、ありがとうございます」

微笑んだ私に、彼も笑みを返してくれる。

「当時は美涼に似合うと思って買ったんだけど、確かにただの上司からもらうには重荷か」

「ご理解いただけましたか？　私にはいつも買ってきてくださるお菓子でも十分ありがたいんですよ」

他の社員に知られたら特別扱いがすぎると思われてしまう。そんな理由からかわいげなく『高価なものは受け取らない』と言った後は、彼はその約束を守ってくれた。

それでも秘書課向けのお土産とは別に、お菓子やハンカチなどまるでご褒美かのごとく必ずなにか買ってきてくれていた。それも特別扱いではあったけれど、断るのはさすがに失礼だとありがたく使わせてもらっている。

「でもすぐに妻になるから、これからは気兼ねなくたくさん買い与えられるな」

いたずらっ子のように、とんでもないことを言いだす。

「そんな、これを気に入っているから他のは必要ありません。それに私じゃお礼もできませんから」

「妻への贈り物ができないほど甲斐性なしじゃないぞ、俺は」

「そういうことではないんですけど。私は今日のお礼さえできないのに」

言葉で感謝を尽くしてはいる。しかしそれだけではなく、いただいたものの半分でも彼に返せないかと考えるが、いいアイデアが思い浮かばない。

「どうしてもお礼をしたいっていうなら、欲しいものがひとつだけある」

「えっ！　なんですか、言ってください」

私は思わず飛びついた。

「俺は、美涼自身が欲しい」

熱のこもった真剣な彼の瞳に映った私は、驚きと困惑の混ざった顔をしている。

この部屋に来ることは、自分で決めた。そうなるのを予想しなかったわけではない。

彼が言う通り、夫婦になる準備はできたからだ。あとは私の心だけ。

紙切れだけの白い結婚ではないことは理解している。箕島家に挨拶に行った際、お母様が孫の話をしていた。恋だの愛だのがふたりの間にないこともわかっている。互いの理解と信頼の上で成り立つ結婚。夫婦生活は避けて通れない。

私は彼の目をまっすぐに見られずに、わずかに目を伏せた。

「結婚を決めたんですから、私はもう要さんのものですよ」

自分で言って恥ずかしくなり、耳が熱くなる。ちらりと彼の様子をうかがうと口角立つ。

をわずかに上げていた。なにか含みのある笑みに、嫌な予感がする。

「そうか。ならその決意を俺に見せてくれ」

彼の意図がわからずに、視線で疑問を投げた。こういう時は付き合いの長さが役に立つ。

「美涼からのキスが欲しい」

彼の言葉に私は大きく息をのんだ。彼とキスするのが初めてなわけじゃないし、確かに私の覚悟をはかるにはわかりやすい。

わかりやすいとは思うものの……。そもそも彼氏はいたが、恋愛上級者というわけではない。自らキスをするなんてハードルが高い。

「どうした、できないのか？」

彼がおもしろがるように、煽《あお》ってくる。

「わかりました。だから、目をつむってください」

さすがに凝視されるのは恥ずかしすぎる。そう思い、意地悪な表情の彼に願い出ると彼は催促するかのように、すぐに目を閉じてみせる。

「これでいいか？」

「は、はい」

さも〝どうぞ〟と言わんばかりの彼の態度に逃げられないと悟った私は、ゆっくりと自分の唇を彼に近付けた。

しっとりと柔らかい唇に触れた。いつもよりも強く彼の匂いが香る。途端に胸のドキドキが最高潮になった。唇を離そうと体を起こした瞬間、彼の手が私の後頭部に添えられる。強く引き寄せられ、キスが深くなった。

「んっ……」

主導権は私にあったはずなのに、あっという間に立場が逆転する。彼からのキスは濃厚で甘く私を逃がさない。口内で散々暴れ回る舌に、思考を奪われ溶かされる。

彼からの甘い攻めのようなキスが終わり、彼の肩にぐったりと身を寄せた。

「キスっていうなら、このくらいしてもらわないと」

わざとなのか、耳元で囁く低い声に私は反論する。

「待って。私からって話だったっ――んっ」

私の言葉はキスでかき消され、最後まで伝えることができなかった。

体も頭の中もとろけるような、しびれるような言葉にできないキス。今まで自分がしていたキスはいったいなんだったのかと思ってしまうほどだ。

「これから覚えていけばいい。俺が全部教えてやるから」

彼はそう言うと、そのまま私を抱き上げた。

「覚悟はできてるみたいだから、もう遠慮はしない」

迷いなくまっすぐに寝室に向かう彼の言葉に応えるように、私は彼に回した手にそっと力を込めた。


フロアランプに照らされた寝室。

大きなベッドまで運ばれた私は、その中心で座ったままブラウスのボタンに手をかけている。そしてその様子を要さんがジッと見つめているのだ。

この部屋に入ってすぐに、私の服に彼が手をかけた。しかし脱がされるという行為がどうしても恥ずかしく思えて、自ら脱ぐと申し出たまではいいものの……こんなに見つめられると脱ぎづらい。

「どうした、脱がないのか?」

煽るような言葉に、覚悟を決める。

「いいえ。しかしあまり見られていると、脱ぎづらいんです」

「どうして? どうせこれから隅々まで見る」

笑い交じりの彼の言葉に、恥ずかしさから体がかっと熱くなる。余裕すら感じる彼の態度に、焦っている自分が情けなくなる。

なかなかうまく外れないボタンと格闘し、あとふたつというところまできて、しびれを切らしたのか、要さんが私の背後に座り手を伸ばしてきた。

「いつまで待たせるんだ。焦らしているつもりなら、この後、後悔することになるぞ」

「そ、そんなつもりじゃ——んっ」

彼は首筋に唇を落とした。背後からの急な行為に驚き体をビクンとさせると、ふっと彼の漏らす笑い交じりの息を感じた。

彼はそのまま私の髪をサイドに避けて、首から耳に唇を這わせた。濡れた舌の感覚に、ぞくぞくと体が震えてしまう。それと同時に体がどんどん熱くなっていく。

そちらに気を取られている間に、彼は器用にも私の服を脱がせて自分の方へと向けさせた。

「んっ」

向かい合うと同時に唇が塞がれる。驚いてその瞬間は目を開いたが、息すら飲み込んでしまうほどの濃厚な口づけに私はきつく目を閉じた。

彼はキスをしながら、自分の服を脱いでいく。

ギュッと抱きしめられ、素肌と素肌が密着して、自分よりも高い体温を心地よく感じる。

私、要さんと……。

これまで尊敬してやまなかった上司。彼の秘書として働くことでたくさんのことを学び、仕事の楽しさを知った。憧れであり雲の上の存在でもあった。その彼と私は今日結ばれるのだ。

不思議な気持ちだった。社長──要さんとこんな風に男女の関係になるなんて、誰が想像しただろうか。

しかし今、私は彼に組み敷かれている。

ここまで緊張と羞恥心でいっぱいだった私は、ひとつの問題に気が付いてしまった。

私が彼を上司として見ていたのと同じく、彼は私を秘書として見ている。女性として愛されているなら問題ない肌を触れ合わせる行為も、ただの秘書の私とできるのか今になって気になる。

社長は私を女として見られるのだろうか？

一度考え出すとそのことに頭が占拠され、気もそぞろになる。

要さんはすぐに私の様子に気が付いたようだ。それまで胸もとに落としていたキスを中断し、私の顔を覗き込んだ。

「あの……」

「どうかしたのか？　嫌になったのか？」

私を気遣う言葉に、ぶんぶんと頭を左右に振って否定する。

「いいえ、そうじゃないんですけど……あの、要さん私とできますか？」

「はぁ？」

決死の覚悟で聞いたのに、虚をつかれたような返事をされた。

「いえ、あの……私、特別スタイルがいいわけでもないですし」

過去に太っていたことから、自分の体に自信がない。体形維持には気を付けているけれど、だからといって男性が好むような体つきをしているわけではないと思う。

「なんだ、そんなことか……」

あきれたようなホッとしたような顔をした後、私の手を取り彼の心臓のところに触れさせた。少し汗ばんだ肌、ドクンドクン鼓動を感じる。

「わかるか、これ」

「は、はい」

「それだけ、美涼に興奮してるってことだ。だからもう焦らさないでくれ」

いつもは涼やかで冷静な彼の瞳に、熱がこもっている。その目でとらえられた私はやっと彼にすべてをゆだねた。

「いいな、美涼」

「はい」

私は頷き、そっと目を閉じた。

大きな手のひらで体に触れられると、そこからどんどん熱が上がっていく。最初は優しく慣らしていき、その後息もつけないほどの激しさで愛をぶつけられる。

彼の息が上がり、吐息が耳にかかる。彼の額から顎を伝い汗が私の胸元に落ちた。

「美涼、苦しくないか？」

「はい。……あの、要さんは？」

彼は眉間に皺を寄せ、なにかに耐えるような表情をしていた。苦しいのだろうかと心配になる。

「美涼に無理させている中、俺はしっかり気持ちよくて申し訳ない」

そう言った彼がより深く私と繋がろうと動いた。

「んっ……あぁあ」

「声出して、もっと聞きたい」

彼のリクエストに応えるまでもなく、私は自分の意思ではどうすることもできない声をあげ続ける。

「要……さん」

「美涼。すごくかわいいよ、このままずっとこの腕の中に閉じ込めていたい」

彼の言葉に体の芯がうずく。自分が求められていると思うとそれだけで、心が満たされていくようだ。

「もう少しだけ、付き合ってくれ」

そう言った彼の〝もう少し〟はカーテンの間から朝陽が差し込むまで続いた。

◇◇◇

安らかな寝息を立てる彼女からは、先ほどまでの艶めき、乱れた様子はかけらも感じられない。それなのに脳内に思い浮かべるだけで、またもや体が熱くなりそうなのを必死に抑える。

覚えたてのガキじゃあるまいし。

自嘲めいた笑みを漏らし、けれど心は満ち足りていた。

これまで欲しいものは、なんでも手に入れてきた。それがあたり前だった。

手に入らなかったのは、美涼だけだった。だが、俺のモノにならなくても彼女が幸せならそれでいいと思えた。

自分の中にこんなにも人を思いやる気持ちがあるのだと、自覚させてくれたのも彼女だ。

やはり、それだけ特別な存在なのだ。

三年前、彼女が俺の秘書になった時にはまさかこんな感情を抱くなんて思ってもいなかったのにな。

第一印象は、地味で目立たない。当時そういう秘書を求めていたので条件にはぴったりだった。彼女の前任者は、親父の元秘書。定年を迎えた元秘書の最後の仕事が、美涼を見つけて育てることだった。

最初こそは失敗もあったが、難しい仕事を与えても、結果を出してきた。常に忍耐強く、冷静に対処する姿は安心できた。

しかし他の社員を差し置いての社長秘書という立場は、俺の知らないところで彼女を苦しめていた。一部の社員に、仕事の足を引っ張るような幼稚な嫌がらせをされていると知った俺は、なぜ相談しないのかと問い質したことがある。

返ってきたのは『様々なトラブルに対応できるのが、一流の秘書ですから』という言葉だった。その凜とした姿に、目を奪われた。おそらく最初に彼女を特別に感じた瞬間だったに違いない。

朝早くから遅くまで、秘書業務だけでなく社内の経費削減や社内環境整備など他の社員が引き受けたがらない委員会の仕事やそれにともなう事務作業も多く抱えていた。それでもどの仕事にも全力で取り組む。

何度か隠れて泣いている姿を見たが、その後はいつもと変わらなかった。

地味だなんて思った俺がバカだった。

強くまっすぐな彼女は、ある時から俺の中でずっと輝いていた。

だからずっと輝いていてほしかった。彼氏がいるのも知っていたし、結婚を視野に入れているのも承知していた。

男としては力になれないが、上司としては最大限彼女を見守るつもりだったのに。

そんなぎりぎりのプライドで保ってきた俺の気持ちは、彼女がフリーになったと知った途端もろくも崩れ去ったのだ。

「やっと手に入れたんだ。悪いけどもう逃がしてやれない」

ありったけの気持ちを伝えてしまいたいという思いがあるが、やっと一歩踏み出したばかりだ。彼女を戸惑わせてはいけない。

ふたりの関係がしっかりした後、思いのたけをぶつければいい。

「その時は、覚悟しておけよ」

起こさないように、そっと彼女に囁くと口元がほんのりと緩んだように見えた。

そんなわずかな変化にさえも、心がざわめく。

自分もただの男なんだと自覚させてくれた彼女を、次はどうやって甘やかそうかと愛らしい寝顔を見ながらひとり考えた。

◇◇◇

冬の寒さの中に日差しの温かさを感じはじめる三月。

窓から差し込む光に眠気を誘われ……る暇もなく慌ただしく仕事をこなしていく。

この時期は毎年、目が回るほど忙しい。

社内の誰もが忙しそうにしている。もちろん社長も打ち合わせや会議、来客などがいくつもあり、社長室への人の出入りも書類もいつもの倍以上だった。

実家への挨拶が終わった二日後、暦がいいからとふたりで婚姻届を出し夫婦になった。引っ越しを済ませ一緒に住んでいるにもかかわらず、ふたりでゆっくり食事をする暇もない。社長である要さんは特に忙しく、午前様になることも多い。いつも先に帰される私は心配する日々を過ごしていた。

「今日は接待の後、直帰ね。少しは早く帰ってこられるといいんだけど」

要さんは午後から取引先を訪問。その後、接待の予定だ。

「ここの社長、かなりの酒豪だったはず。よく効く胃薬を買ってから帰ろう」

終業時刻はすでに過ぎている。あと少しだけきりのいいところまで仕事をしてから帰ろうと思った瞬間、仕事用のスマートフォンが鳴る。

「はい、船戸です」

《美涼、今大丈夫か？》

「はい。どうかなさいましたか？」

相手は要さんだ。仕事中は周りが混乱するといけないので旧姓のまま船戸を名乗っている。

《実は忘れ物をして、それを届けてほしいんだ。場所は――》

「わかりました。でも、めずらしいですね。忘れ物なんて」

《そうか？　結婚して幸せボケしてるのかもな》

電話口で笑う彼の声に、少々恥ずかしくなる。自分の頬が緩んでいるのがわかって、秘書室にひとりだったことにホッとした。

「では、すぐに出ますので」

《あぁ、美涼も今日はそのまま帰って。最近働きすぎだから》

誰よりも忙しそうな要さんに言われても……と思いつつ彼の言う通りにする。

「はい。では後ほど」

電話を切った私は、デスクの上にある封筒を持ち、帰宅準備をして待ち合わせの場所に向かった。

「この近くのレストラン……なのかな？」

彼に指定された場所でタクシーを降り、キョロキョロ見回してみるが、飲食店らしきものはない。もしかしたら看板など出ていない店なのかもしれない。

要さんにもう一度、場所を確認しようとスマートフォンを手にすると、信号の向こうから手を振る彼の姿が目に入った。

「よかった」

信号が青に変わり、彼のもとに駆け寄る。

「お待たせしてすみません。こちらがご依頼いただいたものです」

「ありがとう。さぁ、行こうか」

要さんが私の背中に手を添えて歩きだした。

「え、あの。私も一緒に行くんですか？」

「あぁ。今日の接待の相手は美涼だから」

にっこりと笑う彼は、状況が理解できない私に「いいから、ついてきて」と言って、そのままエスコートする。

私は戸惑いながら、彼に促されるまま隣を歩き、到着した場所に疑問がつのった。

「ギャラリー？」

「あぁ、そうだ。今日はここで俺とデートしてくれますか？　奥様」

「デートですかっ？」

突然の誘いに驚き、声をあげた私がおかしかったのか、要さんはクスクスと笑っている。

「新鮮な反応だな。夫が妻をデートに誘うのがそんなにおかしい？」

「いえ、けっしてそんなことはないんですけど」

ただ私と要さんがデートなんて、すごく違和感というか……。

「なんだか、くすぐったいです」

自分の発言が子供じみたものだと言った後ですぐに気が付き、顔が熱くなる。

「そうか、くすぐったいか」

私の言葉を繰り返した要さんの顔を見ると、楽しそうに笑っていた。

「お知り合いの個展ですか？」

真っ白い空間に、たくさんの絵が並ぶ。奥には扉もあり、かなり広い展示スペースのようだ。

「ここは俺が個人的に出資しているギャラリー。学生から有名作家まで有名無名問わずに展示してる」

「そうなんですか、知らなかった」

「意外だった？」

「はい。あっ……いえ、その」

勢いで素直に答えてしまった。

「素直に言っていいよ。これが俺の趣味みたいなものだから、美涼に知っておいてほしくて」

彼が今日ここに私を連れてきたのは、ふたりの距離を縮めるためだったのかもしれない。

ふたりで絵を見ながらゆっくりと歩く。

「絵は好き？」

「正直言って、あまりよくわからないです。好きかそうでもないか、くらいで」

教養のなさが出てしまうけれど、ここで見栄を張っても仕方ない。

「本来はそれでいいんだ。有名な作家のものが素晴らしいとは限らない」

絵を見る彼の瞳は、好奇心に満ちていた。

「そう言われると、足を運びやすくなりますね」

「これを機に好きになってくれるといいんだけどな」

彼が私の手をギュッと掴んで、また歩きだす。

「ここで、美涼に問題です」

「え、いきなりですね」

絵画の知識がないのに、答えられるのだろうか。

私の顔を覗き込む要さんはどこか楽しそうにしている。

「さてここに展示してある作品に共通するテーマはなんでしょうか？」

「テーマ……ですか」

さっきまで見ていた作品を振り返る。しかしテーマと言われると難しい。

「うーん、はっきりとしたことはわからないんですけど、どれもあったかい感じがしました」

タッチが柔らかく明るい色使いのものが多かったから、そう感じたのかもしれない。

「いい線いってるな」

微笑んだ彼が扉の前で足を止めた。

「今回のテーマは〝絆〟」

そう言いながら彼が、目の前の扉を開いた。その中に広がっている光景に私は目を見張り、感嘆の声を漏らす。

「すごい数のバラ！」

圧巻だ。部屋中を大輪のバラが埋め尽くしている。アーチ形に飾られた様々な色のバラはまるで映画のセットのようだった。

彼が中に進んだので、私も後をついていく。濃厚な香りを深く吸い込む。酩酊しそうなほどの香り。まるでここだけ別世界だ。

「本当に素敵」

周りを見回しながら声をあげる。語彙がなくありきたりな言葉しか出てこない。

「美涼」

呼ばれて振り返った私は、さらに驚いて口元に手をあてた。

そこには要さんが、大きなバラの花束を持って立っていた。

大袈裟でもなんでもなく、王子様がそこに存在していた。小さい頃に憧れた少女の理想を詰め込んだような男性が、まさに今私の目の前にいる。

「要さん？」

彼の真剣な目に射貫かれた私は、その場に立ち尽くした。

「美涼、俺と結婚しよう」

「あっ……」

間違いようもない。これはプロポーズの言葉だ。胸がキュンと締めつけられ感情が高ぶる。愛し合っているわけではないとわかっているけれど、それでもこのときめきは止めようがない。

自然と目に涙がにじんできて慌ててそれを拭った。

「すでに入籍も済ませていて、今さらだろうけど。それでももう一度ちゃんと伝えたかったんだ」

彼の言葉になにか返事をしなければと思うけれど思考がまとまらず、その上、唇が震えて声も上手に出せない。

そんな情けない私にできたのは、気持ちを込めて大きく頷くことだけだった。その瞬間、目にたまっていた涙が頬を伝う。

「……あ、あの、わ、私」

「ゆっくりでいいよ。ゆっくりで」

要さんの男らしい長い指が、私の涙を拭った。

わけがあっての結婚だとわかっている。それでも相手が彼で本当によかったと心から思う。そして私も、彼にそう思ってほしい。

「謹んでお受けいたします」

このひと言が精いっぱいだった。入籍に至るまで彼はしっかりと私に意思を確認してくれていた。それでもなおもう一度プロポーズをしてくれたのは、私が明確な返事をしていなかったからだろうか。

「私、要さんと結婚します」

もう一度はっきりと告げた。婚姻届を出しているとか出していないとかそういう話ではなく、私は私の意思で彼の妻になりたいと心から思っている。

「ありがとう、美涼」

要さんのたくましい腕に抱きしめられた。今はまだドキドキがすごいけれど、いつかこの腕の中が私の安心できる場所になるのだろうか。

黙ったまま抱かれている私の耳元に、彼が唇を寄せた。

「それと」

「はい」

私は顔を上げて彼の顔を見る。

「誕生日おめでとう、美涼」

目を大きく見開いた私の顔を見て、彼があきれた顔をする。

「妻の誕生日くらい、把握してるさ」

彼が知らないとは思わなかったが、忙しい彼になにかを求めるつもりはなかったのに。

「おめでとう。ふたりで最高の一年にしような」

柔らかく微笑む彼を見て、私はもう一度ギュッと抱きついた。

「もうすでに、最高です」

呟いた声が聞こえたのか、彼が私を抱きしめる腕に力を込めた。

第四章　妻としての私

大通りから一本入った創作料理を出す小さな居酒屋。ここは千里と私のお気に入りの店だ。

四月になり新年度の忙しさが落ち着いてきた頃、千里に誘われた私は仕事を終えたその足で店に直行していた。

先に着いたため、席に座って千里の到着を待つ。

この一カ月は怒涛の毎日だった。人生の節目のイベントが目白押しだったのに、忙しすぎて記憶が曖昧な部分が多いのが惜しまれる。

とはいえこれまでの人生の中で一番素敵だった誕生日のプロポーズ。強く心に残った思い出は宝物だ。それは要さんが忙しい中であっても、流してしまわずに私を思ってしてくれたことだ。考えると胸があったかくなる。

披露宴も新婚旅行も彼は提案してくれたけれど、到底休みが取れそうにない。彼のスケジュールを詰めれば必然的に私も忙しくなる。彼はそれをよしとせず、来年以降で日程を調整することにふたりで決めた。

しかし振り返ってみると、本当に忙しかったな……。

婚姻届の提出や引っ越しを済ませると、ふたりで指輪を選ぶためにジュエリーショップを訪れた。一度も入ったことのない高級店では、値段を見たら驚きで指輪を選べなくなるからと、見ないで自分と彼の意見だけで選んだ。

一番気になっていたのは社内への報告だった。会社の重役の中には要さんに親類縁者との見合い話を持ちかけていた人が少なからずいて、その人たちからしたら、私との結婚を快く思わないかと想像したのだ。

しかし予想ははずれ、思ったよりもすんなりと受け入れられた。

要さん曰く、他の敵対する派閥の相手と結婚されるくらいならば、どちらでもない秘書の私と結婚した方がマシという打算が働いたのではないか、と。

そんなものなのかなと思う半面、社内政治に関してはまだまだ勉強が足りないと反省する機会にもなった。要さんと結婚したのだから、人間関係についても目を背けてはいられない。これからは私の言動が憶測を呼び、トラブルを起こす可能性もあるということを自覚しなくてはいけない。

彼の足を引っ張るようなことだけはしたくない。それと同時に私と結婚したことを後悔してほしくない、あわよくば結婚してよかったと思ってもらいたいという欲が出てきた。

私は左手に輝くふたりで選んだダイヤの指輪を見ながら、これまでの怒涛の一カ月を振り返っていた。

「ごめん、遅れて。会社出るところで上司につかまっちゃって」

声がしてハッと顔を上げた。そこには両手を合わせ、申し訳なさそうにしながら椅子に座ろうとしている千里がいた。

「いいよ、私もさっき来たところだから」

笑って答えると、千里が首を傾げながら私の方をジッと見ている。

「ねぇ、なにかあった？　雰囲気が随分違うんだけど」

さすが中学時代からの友達。鋭い。

実はまだ、要さんと結婚したことを彼女には伝えていなかった。千里にだけは顔を見て直接伝えたかったのだ。

「あの、実は――」

「待って、ちょっと、待って！」

千里が声をあげ、私を制止した。何事かと思った矢先、ぐいっと左手を掴まれ彼女はそこに輝く指輪を凝視する。

「なによ、このでっかいダイヤは」

驚くのは無理もないだろう。この間彼氏に振られたと言っていた私の左手の薬指に、まばゆいばかりの立派なダイヤの指輪があるのだから。

「実は私、結婚したの」

短い言葉で事実だけを告げた。

目の前の千里はあんぐりと口を開け、固まってしまっている。

「あの、ち、千里？」

私は手を伸ばし、彼女の顔の前で軽く振ってみせた。

「け、結婚ー！」

「ち、千里。声が大きいからっ」

私は彼女の口を押さえて、周囲を見回し、頭を下げた。

「ご、ごめん。急に結婚だなんて言うから。まさか雅也くんとよりが戻ったの？」

「ううん、雅也とは違うよ」

「じゃあ、誰なのよぉおおお」

千里はじれったそうに体をゆすりながら、早く教えろと催促した。

「ちゃんと順番に話すから、とりあえずなにか飲んで落ち着こう」

私はスタッフを呼び、ふたりで来たらいつも食べるメニューを頼んだ。スタッフが去ると、飲み物が届くのすら待たずに千里の質問攻めにあう。

「実は上司と……箕島社長と結婚しました」

「あ、ん、え、箕島ってあの箕島グループの御曹司?」

「うん、そうだね」

「ほぇ〜」

驚いたように口を開けた千里は、まだ混乱の最中にいるようだ。

「いつの間に付き合っていたの? もしかして美涼、ふた股かけていたの?」

「ち、違うよ。雅也と付き合っている時は、誰とも男女の関係ではなかったから」

「そうだよね。真面目な美涼に浮気は無理だよね」

話の合間に飲み物と料理が運ばれてきて、その頃には千里も落ち着いて話を聞いていた。

「社長……要さんとは、恋愛どうこうで結婚したわけじゃないの。彼はずっと周囲から結婚するように迫られていて。私は結婚だけが東京に残る道だった」

千里はなにか言いたげにしながらも、頷くだけにとどめている。

「要さんにとっては、結婚相手も見つかり気の合う秘書も失わずに済む、まさに一石

　これが私たちの結婚の理由だ。しかし話を聞いた千里は納得していないようで、枝豆を口に運びながら首を傾げた。

「本当に理由はそれだけなのかな？」

「もちろんだよ、他になにがあるのよ」

　包み隠さずに事実をありのまま伝えた。

「なにって言われても、具体的にはわからないけど。私ね、久しぶりに美涼に会って、すぐに様子が違うのに気が付いたの。パッと見てわかるくらい、綺麗になったのにその自覚はないの？」

「そんなわけないよ、忙しくて最低限のことしかしてないのに」

　普段から美容に手をかけるタイプではない。それに輪をかけて忙しくて自分自身に時間をかける暇はなかった。

「それって、内側からホルモンが出てるんだよ。愛されホルモン」

「あ、愛されって……なに言いだすのよ」

　口に運んでいたピーチサワーをこぼしそうになって慌てる。

「だってそうとしか考えられない。愛がないって言ってるけど、夫婦としてやることはやってるんでしょう」

「ちょ、本当に恥ずかしいからそういうこと言うのやめて！」

お酒が進んだせいか、千里の言葉がものすごくあけすけで恥ずかしくなる。

「で、どうなの？」

「それは、夫婦だからね。それなりに」

そう答えたけれど、私の中では〝それなり〟以上だった。初めて抱かれた日以降、彼とのスキンシップが増えた。ベッドの中だけでなく、普段から仕事以外でふたりっきりの時には、どこか体に触れているしキスも挨拶のように交わす。もちろん夜は一緒のベッドに寝て、そういうことをしない日も彼は抱き枕と勘違いしているかのように私を抱きしめて眠る。

最初こそは戸惑ったものの、彼に触れられるのは嫌じゃない。恥ずかしさやドキドキはあるけれど、心地よさも大きくなっている。

これが私たち夫婦の距離なのだと、彼に教えられている最中だ。

「やっぱりねぇ。今自分がどんな顔してるかわかってる？」

「そんなに変な顔してるの？」

私は自分の顔に手をあてて、千里に聞いた。

「変じゃないよ、めちゃくちゃ幸せそうな顔してる。よかったね、結婚おめでとう美涼」

「うん、ありがとう」

形はどうであれ彼女の言う通り、私は今の日々に幸せを感じている。要さんは優しいし仕事も順調だ。小さな日々のひとつひとつに意味を感じる。

「社長ってば、絶対美涼のこと好きだよ。そうじゃなきゃ、女にそんな幸せそうな顔させられないもの」

私と違って恋愛経験豊富な千里の意見に、私は反論する。

「それは絶対ないから。社長は確かに大切にしてくれているけれど、それはあくまで私を妻にした責任からきていると思うの」

「私はそうじゃないと思うんだけどな」

「ないないない、絶対ない。社長が私みたいな地味な相手に恋愛感情を抱くことなんてありえないでしょう。今までの噂になった女の人、知っている？」

名の通ったタレントや女優の名前を出す。

「まあ、確かに過去の女のラインナップはすごいけど、だからって美涼に惚れない理由にはならないと思うんだけどな」

「いやぁ、どう考えてもナシでしょう。都合のよさだけは抜群だっただけで」

自分で言って少し悲しくなったけれど、それが現実だ。もしかしたら……なんて、天と地がひっくり返ってもない。

千里はテーブルに肘をついて、胡乱《うろん》な目で見つめてくる。

「じゃあ聞くけど、美涼の気持ちはどうなのよ？　私の知っている美涼は好きでもない相手とは手すら繋げないってイメージなんだけど」

「そうだよ。でも要さんは、夫だから」

そう、千里が指摘する矛盾は自分でも感じている。

要さんは私なんかが好きになっていい相手じゃない。それなのに彼を受け入れているのは夫婦だからという答えを自分の中で無理やり導き出したのだ。

「なによその、とんち問答みたいな言い訳」

千里はあきれたのか、ため息をついている。

「彼だってきっと夫の仕事として私を大切にしているんだと思うよ。実際仕事に関してはすごくストイックな人だから」

だから夫という役割も完璧に演じてくれているのだろう。そう考えれば色々と納得がいく。

「マジで私には意味わからないわ。でも美涼が傷ついていないならそれでいい。そのまま幸せそうに笑っていてくれるなら、私は口を出さずに応援する」

「千里、ありがとう」

中学時代も千里だけは、私をかばってくれた。隣のクラスなのに音楽室や理科室への移動についてきてくれたこともあった。いつも私を励ましてくれた。今だってそうだ。地元でのつらかった過去を知っているから、今の幸せを誰よりも祝福してくれている。

「本当にありがとう。大好き」

千里がいてくれてよかったと、心から思う。自然と笑みを浮かべて彼女への感謝の気持ちを伝えた。

「ねぇ、そんなかわいい顔で笑えるんだから、もっと自信を持って。美涼は誰を愛しても、誰から愛されてもいいんだよ」

千里の言葉が胸に響く。

「うん」

彼女の言葉はうれしかったけれど、曖昧に微笑んだ。

一緒の戸籍にのっていても、どんなに努力をしても、私が彼と同じステージに立つことはやはりない。ただ彼が立つステージの袖の暗がりで、彼を支えることはできるはずだ。自分の役割をきちんと果たせばそれでいい。

千里に結婚報告できてホッとした。

特殊な結婚だけれど、決して不幸ではないと親友の千里にだけは知っていてほしかったのだ。

大型連休も明け、新緑が眩しい木々の間からこぼれる日差しが徐々に強くなってきた頃。

私は〝要さんの妻〟としての、最初の難関を迎えていた。

今彼が中心になって進めている大きなプロジェクトのひとつに、シンガポールの国営企業と合同で行うエネルギー開発事業がある。

その打ち合わせのために、現地から重役や担当者がやってくるのだ。

秘書としての仕事はもちろん、ホストの要さんのパートナーとして彼を支えなくてはいけない。初めて公の場に妻として参加する時がきたのだ。

毎日遅くまで他の重役秘書との打ち合わせを重ね、会場や宿泊先の手配を行う。何パターンものシミュレーションを行い、万全の態勢を整える。

当日、会議中は秘書として、その後の食事会は要さんのパートナーとしての役割を果たす。

秘書としてこういった経験はあるし、なにか問題があったとしてもベテラン社員たちになんとかカバーしてもらえる。

しかし彼の妻は私だけだ。誰にも代わりを頼めない。失敗できないと思うとその日が近付くほど緊張が高まっていく。それを払拭するために私はますます準備に時間をかけた。

もちろん要さんも連日連夜残業続きで、私は彼の帰りを待つ間、リビングで会議の資料作りや当日のスケジュールの流れについて再度確認していたのだけど。気持ちも体も疲れ切っていたせいか、テーブルに突っ伏して眠ってしまった。

「……ず、美涼」

近くで名前を呼ばれて、ハッとして目を覚ました。仕事を終えて帰宅したばかりの要さんがネクタイを緩めながら私の顔を覗き込んでいる。

「大丈夫か、寝落ちなんかして」

「あ、おかえりなさい。すみません、気が緩んだみたいで」

社をあげての大事な会議だ。それに要さんは誰よりも忙しくしているのに、眠ってしまうなんて。

「別に家なんだから、気が緩んでいいだろ」

彼が大きな手のひらで、私の頭を撫でた。

「でもあまり時間がないのに。失敗できませんから」

私がもう一度資料を手にして確認しようとしたら、彼に取り上げられてしまった。

「え、返してください」

「ダメだ。もう遅い、今日は休め」

「でもあと少しなんで、今日中に――」

「ダーメ」

どうやら今日はもうおとなしく休んだ方がいいようだ。きっと彼には資料を返すつもりはないのだろう。

「わかりました」

「よろしい。それと〝失敗できない〟なんて堅苦しく考えなくていい。失敗しない人間なんていないし、妻として俺の隣で笑っていてくれれば、あとは俺がなんとかするから。補い合うのが夫婦だろう。ひとりで頑張りすぎるな」

優しい声色で紡がれた言葉が、胸にじんわりと温かく広がる。

「要さんがいるって思うと、少し気持ちが楽になりました。ちゃんとやらなきゃってずっと緊張していたから」

「真面目なのはいいことだけれど、少し肩の力を抜いて。大変な思いをさせているのはわかっているが、俺には秘書の美涼も妻の美涼も必要なんだ」

彼が私の肩を抱き寄せた。温かな胸に包まれると、いつもの彼の香水が香り、安心する。

結婚してまだ二カ月と少ししか経っていないのに、彼の腕の中に安らぎを感じるようになった。

昔から頼もしい上司で頼りっぱなしだった。難しい仕事も彼と一緒ならば、最善を尽くすことができた。いつだって私は彼の庇護のもとで仕事をしてきた。

けれど今まで感じていたものと、今の感情は別のものに思える。それをうまく言い表せないのだけれど。

とにかく私にとって大切な場所であるのは変わりない。だから彼が私のことを必要としている限りは、どんな形でも寄り添っていきたいと思った。

そして準備に追われ、あっという間に会議の日を迎えた。

午後にシンガポールから来日した人々を、まずは宿泊先のホテルに案内する。今日はそのホテルのバンケットルームを借り、食事会をする予定になっている。

長旅なので別会場を設けず、なおかつ通常よりも短い時間に設定した。難しい話は明日以降にして、今日はしっかりと疲れを癒やすのに専念してもらう。

というのが大きな目的なのだけど、ここでの失敗はこの先の交渉に響く。一度抱かれた印象を変えるのは大変だ。だからこそこの場の失敗は許されない。

今回の訪問がうまく運ぶかどうかは、今日の歓迎の食事会にかかっていると言っても過言ではないのだ。

私はホテルに用意された部屋で、自ら着物を身に着ける。和菓子屋の娘だけあって店に出る母を見て育ったので、着付けだけは問題ない。

しかし着物そのものの知識はないので、お義母《かあ》様に頼った。その際に色合いや柄だけでなく、帯や小物の合わせ方などを教えてもらった。人間国宝の染織作家の作品など、今後造詣を深めておいて損はないと言われた。身近にとてもいい先生がいるこの環境を大切にしなくては。

私が要さんから妻にと望まれたのは、こういった立ち回りを期待されてのことだ。だからそれに全力で応えたい。

私が私でいられるように、秘書を続けさせてくれた彼に誠心誠意向き合いたい。

着物を身に着けると、自然と背筋が伸びた。

ノックの音が聞こえて返事をすると、要さんが顔を覗かせた。

「美涼、首尾は上々かな？」

振り向くと彼はわずかに目を開いた後、にっこりと微笑んだ。

「どこの天女が現れたのかと思った」

「もう、お世辞もほどほどにしないと嫌みに聞こえますよ」

最近は要さんのこんな戯れの言葉にも多少免疫ができてきた。でもやっぱり恥ずかしくて顔に熱が集まるのを感じる。

「本気で言ったんだよ。夫としてはこのままひとりで観賞したいけど、許されないよな。みんな待ってる」

「大袈裟だとは思いますが、要さんに合格点をもらえたので自信が持てました」

初めての大役に緊張は最高潮を迎えている。

そんな私に要さんは手を伸ばし、強張った頬に触れた。

「何度も言うけど美涼は謙虚すぎる。俺の言葉で自信が持てるなら、常に耳元で褒めていればいいか？」

また無理なことを……と思うけれど、私を気遣うその気持ちがうれしかった。

「足を引っ張らないように努めます」

「そんなに固くなるな。ここまでしっかり準備してきたんだ。あとはもう食事と会話を楽しむことに徹して。笑顔が一番大事になってくる」

私にとってなかなかハードルが高い要求だ。

「楽しむのは無理かもしれませんが、笑顔は心がけます」

私の言葉に「真面目だな」と笑った要さんが、私の手を引いた。

「さて行こうか」

彼の言葉にしっかりと背筋を伸ばして「はい」と返事をした。

縦長のテーブルの中ほどに、要さんと私が主催者として座る。シンガポールからのお客様は七名。それに合わせてうちの社の重役が三名、営業部の担当責任者ふたりが同席する。

要さんの挨拶から始まり、和やかな雰囲気で食事が進む。メニューは今回のためにホテル側に特別に用意してもらった和洋折衷のものだ。和食とともに慣れ親しんだ味も楽しめるように、シンガポールでよく食べられる食材や香辛料なども使われている。

部屋にはシンガポールの国花である蘭を飾り、赤い帯に白の小物で国旗をイメージしてみた。要さんも普段は使わない赤いネクタイに、ホワイトオパールのタイピンとカフスを合わせている。

会話は英語なので特別困ったことはなかったが、あちこちに気を配って笑みを浮かべているので顔が引きつりそうだ。

食事が終わる頃にはみな打ち解けはじめた。歓談が始まり、隣のテーブルに用意したお酒やカードゲーム、ビリヤードなどを楽しんでいる。

私も声をかけられるままに、挨拶を交わしていたが、ふとひとりの女性が何度も部屋を出入りする姿が目に入った。

「ちょっと失礼します」

目の前にいる人に声をかけて、彼女を追って外に出る。化粧室に向かう彼女をそのまま追いかけた。すると化粧室前の椅子に座って口元をハンカチで押さえている。

【ご気分が優れませんか？】

英語で話しかけながら、顔を見て確認する。あちらの代表の李《り》氏の奥様だ。

【はい、少し】

【ではお部屋に戻ってお過ごしください。お食事もされていませんでしたので、なに

か手配しますね】

化粧でごまかしていたが、かなりつらそうだ。私は彼女を支えるようにして部屋まで案内した。その後、食べ慣れているであろう中華がゆとフルーツ、それと体温計や冷却ジェルなども一緒にフロントに依頼する。

【ありがとう、あなたも戻らないといけないのでは?】

確かに今日は、私はもてなす側だ。しかし落ち着くまで放っておけない。

【大丈夫です。私も少し疲れたところだったのでちょうどよかったのです】

笑ってみせると、彼女も苦しそうな中、笑みを浮かべてくれた。

彼女は自分の荷物から薬を出して飲み、そのままベッドに横になった。そうこうしているうちに、食事等がフロントから届く。

食事をする彼女を見て少しホッとした。おそらく長旅で疲れが出ただけとのことで安心する。

【これは私の連絡先です。もしお加減が悪くなられて医師の手配が必要であればご連絡ください】

海外の賓客を秘書として何度も出迎えたことがあり、英語が堪能ですぐに往診に応じてくれる医師が何人か思い浮かぶので、最悪の場合は手配するつもりだ。

【ありがとう、あなたは会場に戻って。ホストなのだから】

【はい、でも私にとってあなたも大切なお客様ですので、なにかあったら必ずご連絡くださいね】

私は彼女にそう言い残し、急いで会場に戻った。

そっと部屋の中に入ると、思ったよりも時間がかかったがまだみな歓談中でホッとした。

要さんがこちらに視線を送ってきたので、私の不在に気が付いていたようだ。私がそっと目配せすると、要さんは不自然でないように私の近くに来てくれた。

「李氏の奥様が体調不良で部屋まで送ってきました。ご主人様にお伝え願います」

「あぁ、わかった。医師の手配は？」

「必要なら手配しますと言って、私の連絡先を伝えました」

「ありがとう」

彼は私の背中をポンと叩いて、すぐに李氏に事情を告げた。李氏は驚いた様子だったが、すぐに奥様のもとへと向かったようだ。

きっと知らない国でひとりだと心細いはず。ご主人が部屋に戻って安心した。それからはホストとして、会話に加わりつつゲストが満足できるように気を配った。

時に婦人たちに交じり、時に要さんの隣に立ち、笑みを振りまく。

最後のひとりを見送った時には、私は疲労困憊でソファに座り込んだ。

「おつかれさま」

要さんが水の入ったグラスをこちらに差し出した。私はそれをありがたく受け取り、一気に半分飲み干した。

「はぁ、美味しい」

思わずポロッと口から出た。そんな私を見た要さんはクスクスと笑っている。

「よく頑張ったな」

「はい。色々と反省点はありますけれど」

今それを考えると明日以降に響きそうだ。とりあえず今は今日の日程を無事終えたことをよしとしよう。

私たち夫婦のやり取りを見たうちの重役たちが、にこにこと笑いながら「失礼します」と帰っていく。私は立ち上がり頭を下げようとしたが、差し出した手のひらを下に向けて、そのまま座っているようにと、ねぎらってくれた。

要さんとふたりっきりになると、彼は私の隣に座ってそっと肩を抱き寄せた。

「大変だっただろ。でも立派だった」

彼にそう言ってもらえるのが、一番うれしい。私は口元を緩めたまま彼にもたれかかる。

「最初は秘書業務の延長だと思っていたんですが、随分違いましたね」

これまでも要さんと一緒の時は、彼の部下として見られていた。だからこそ足を引っ張らないようにしなければならないと。

今回ももちろん同じ気持ちだった。しかし妻という立場は秘書とは違う。彼自身が選んだのが私。私を通じて彼の人となりをはかる人もいるのだと感じた。

だからこそ、誠実な態度を心がけた。

「美涼のよさがよく伝わったと思うよ。さあ、部屋に帰って休もう」

「はい。明日も早いですから」

「あぁ、頼りにしている」

要さんに手を引かれ、私たちも部屋に戻る。いつもならプレッシャーに感じる期待だけれど、今日はなぜだか心地よく感じた。

少しずつ、彼の妻として成長していきたい。強くそう思った。

その後の日程も小さなトラブルはあったものの、順調に進んだ。要さんを始めプロジェクトチームの頑張りもあり、商談は契約に向かって一気に加速しそうだ。

そして本日、全日程を終えた視察団は帰国する。要さんと私は彼らを見送るために朝早い時間だったが空港にやってきていた。

【ミスズ、本当に楽しかったわ。私、日本もミスズも大好きになったわ】

そう言って手を差し出してきたのは、李氏の奥様だ。私が手を差し出すと、彼女は両手を使って私の手を握り返した。

【そう言ってくださると、とてもうれしいです】

来日当日に体調不良を訴えた李氏の奥様だが、その後は順調に回復し、日程をこなしていた。私も時間が空いた時には彼女に観光案内をしたり、また李氏夫妻と要さんとで何度か食事をしたりもした。

おかげで日本を楽しんでもらえたようだ。

すると要さんがやってきて、李氏の奥様に紙袋を渡す。

【お部屋にてご提供させていただいていた菓子です。気に入ってくださったようなので、お持ち帰りになってぜひ現地のみな様にお配りください】

【あら、そうなの。あれすごく美味しかったのよ。ありがとう】

要さんは今回、かなりタイトなスケジュールをこなしていた。滞在期間中に提示したい条件などを新しくまとめ直したり、だいぶ遅い時間まで自宅でも仕事をしたりしていた。それなのに、こんな細やかなところまで気が付くなんて。

やっぱりすごいな、要さん。

ずっと尊敬していた。彼のそばで働けることを喜ばしく思っていた。その思いは今の方がもっと強くなっている。それと同時に今までとは違う、胸の甘いうずきを感じて戸惑う。

彼の一番近くにいて、いつ何時も思いを共有できること。それは妻の立場になった自分だけが味わうことができるという事実に胸がいっぱいになる。

彼の隣に立ち、最後まで一緒に視察団を見送りながら、彼に対する思いの変化を感じていた。

最後のひとりが見えなくなるまで見送る。

「社長、おつかれさまでした」

ねぎらいの言葉をかけると、彼は私の腰に手を回してぐいっと引き寄せた。

「久しぶりに、すごくおもしろい仕事ができそうでわくわくしている。ありがとう」

笑みを浮かべてそう言った彼の顔に、どこか無邪気さを感じる。新しいことに心を弾ませ、小さな頃に感じていたような気持ちの高揚を覚えているようだ。

「私はなにもしていません。すべてチームのみなさんの頑張りですよ」

「なに言いだすんだ。美涼だって大事なチームのメンバーだ。現に、重役たちは今回の美涼の働きに感心していた」

「本当ならうれしいです」

私が要さんの妻になったことを、しぶしぶ認めていた人も多い。しかし今回で少しでも認めてもらえたのならば、これからの自信に繋がる。

本当に大変だったけれど、なんとか形になったし。プロジェクトの方も手ごたえは十分のようだし。

私はひと仕事終え、すがすがしい気分に浸っていた。

「それでひとつ提案なんだけど」

「はい。なんですか？」

新しい仕事だと思い、身構える。

「今回頑張ってくれた美涼にご褒美をあげよう」

「いえ、仕事ですからご褒美だなんて。そう言ってもらえるだけで十分です」

私は胸の前で両手を振り、結構だと伝える。

「そう言うなって。これは社長の俺からじゃなくて、夫の俺からのご褒美だから」

「夫からのご褒美ですか？」

彼が大きく頷いた。

「そうだ。今から一泊温泉。どうかな？」

「温泉！　行きたい……でもお仕事は――」

「野暮なこと言わない。仕事ができる夫がとっくに調整済みだ」

彼はこれ以上私に反論させないように、手を引いてそのまま歩きだした。

時々私を振り返りながら、空港内を歩く彼。気遣うその姿がうれしくて胸がドキドキする。そのせいか、いつもよりも足取りが軽い。

「温泉ってどこに行くんですか？」

「ん、着いてからのお楽しみ」

私を振り返り笑う彼に、つられて私も笑った。遠足の前のようにわくわくする。こんな気持ちになったのはいつぶりだろうか。

あぁ、楽しい！

彼に手を引かれていく先は、きっと今まで見たことのない世界が広がっているのだろうとふと思った。

いったん帰宅して、着替えを済ませて荷物をバッグに詰める。一泊の短い旅行なので必要なものはそう多くないはずなのに、なにを着るべきなのかクローゼットの前で迷う。洋服のラインナップは、要さんからプレゼントされたものが半数以上だ。

この間千里に雰囲気が変わったって言われたのもあたり前なのかな。

どれにするか迷っていると、扉から要さんが顔を覗かせた。

「準備できたか?」

「あと少し、かかりそうです」

「わかった。出発時間まではまだあるからゆっくりどうぞ」

彼はそう言うとまたリビングに戻っていた。同じ部屋で準備を待たれると、焦ってしまうのでありがたい。

仕事中はスケジュールの管理を私がするのがあたり前だが、プライベートではそれを一切させてもらえなかった。それは彼なりの気遣いなのだろう。私を秘書ではなく妻として扱ってくれているということだ。

彼がゆっくりしていいと言っていたけれど、待たせているのには変わりない。私は急いで着替えを詰めると、最後の仕上げに彼にもらったネックレスをつけた。

電車のチケットすら持たせてもらえず、改札を通る時にやっと今回の行先がわかった。

「熱海《あたみ》ですか？」

「正解。移動も考えるとちょうどいいかなって。ヘリ使って遠出するのもいいかと思ったんだけど、電車ならゆっくりできるし」

移動の選択肢に常にヘリコプターがあること自体、私には考えられない。普段移動は速ければ速い方がいいと言う彼の、移動そのものも旅として楽しもうという心遣いがとてもうれしかった。

彼が手配してくれた特急列車の席は、個室だった。最初広いテーブル席に向かい合って座っていたのだが、途中で彼が「邪魔だな」と不機嫌に言って私の隣に座った。最初は少し驚いたのだけれど「こっちの方がずっといい」と彼がにっこりと笑うので、私も相槌を打って笑った。

注文したロゼワインを飲みながら、太陽に照らされたサファイアブルーの海を眺める。どこまでも続く青さにふたりとも心から寛いでいた。

「おっ、早いな」

途中スマートフォンを見ていた彼が、声をあげて私に画面を見せてきた。

「これってふなとのういろう？」

「あぁ、そうだ。李氏の奥様に持たせたお土産はこれだったんだ。随分気に入っていたようだったから。ふなとの件はコンサルから報告が上がってきていて、これもひとつのチャンスになると踏んだんだが、うまくいったな」

「そうだったんですか！　忙しいのにうちの実家のことまで、ありがとうございます」

コンサルティングの手配だけでもありがたいのに、要さん自らも考えてくれていたなんて。喜びや尊敬の気持ちで胸がいっぱいになる。

「別に大したことじゃないさ、ちょっと思いついただけだ」

「それでもうれしいです。李氏の奥様、ＳＮＳなんてやってるんですね。すごいフォロワー数で驚きました」

履歴を見るとかなりの頻度で更新している。日本での様子もたくさんの写真と一緒にアップされていた。

「かなりの影響力があるみたいだぞ」

フォロワー数を見ると、芸能人も真っ青な数だ。

「これ見ているとかなりの日本びいきになってくれたみたいだな。美涼のおかげだ」

あたり前のことしかしておらず、反省点も多くあった。それでも彼に褒められるとうれしい。

笑みを浮かべた私の頬に彼が小さなキスをする。

「かわいい奥さんにご褒美。これが個室の醍醐味だ」

いたずらめいた表情の彼に、私は頬を赤くした。

電車から降りると、彼は荷物を持つ手と反対の方を私に差し出した。少し戸惑ったものの、私が手を添えると大きな温かい手で繋がれた。

日常から離れたせいか、距離がすごく近く感じる。なにかあるごとに目が合い笑い合う。そのたびに私の心が浮き立っていく。

駅からは宿に直行せずに、有名な観光地を巡った。足湯を楽しみ、神社に参拝する。多くの観光客に交じり、ゆっくりと過ごす。都会を離れ木々に囲まれた神聖な場所に立つと、心が洗われるような思いがした。

時間の流れもいつもよりゆっくりだ。しかし社長という立場の要さんは完全に休みになるわけではない。時折電話で連絡が入ったりメールの確認をしたりしている。

そんな時は彼の邪魔にならないように、私はひとりであちこち見学しながら時間を過ごした。

神社の社務所前でひとり足を止めると、綺麗に並べられたお守りが目に入る。

「あ、これいいかも」

目についたのは【夫婦守】という文字。ふたつの対になったお守りで、夫婦でひとつずつ持つようだ。ふと手が伸びたが、要さんの顔を思い出してやめた。神頼みなどしないタイプだろうし、きっともらっても困るに違いない。

私はその場を離れ、境内の近くにある立て看板の解説を読みながら、彼の電話が終わるのを待った。

まだ十五時にもなっていないが早めにゆっくりしようと、タクシーで宿に向かう。

宿は知らされていなかったのだが、私はタクシーを降りてはぁと感激のため息をついた。

重厚な造りの立派な数寄屋門が、私たちを出迎える。玉砂利の敷き詰められた庭を通り、真っ白い立派な蘭が飾られた玄関に案内された。

要さんがカウンターで手続きをしている間、私はソファに座ってお茶をいただく。

目の前には先ほど通ってきた庭が広がっている。松や庭石など計算された美しさを楽しんでいると、窓際に立って同じように外を見ている人がいた。

後ろから見ても美しい人だというのがわかる。栗色のサラサラの髪に、すらりとした手足。顔は横からしか見えないが、高い鼻梁に長いまつげが印象的だ。

私にもあの女性の半分、いや三分の一でも洗練された美しさがあればいいのに。

昔のこともあって自分の容姿にまったく自信が持てない。だからこそ、清潔感やTPOにはかなり気を付けてきた。結婚して以降は要さんの好意で服装や持ち物も変わった。千里が気付く程度にはいい方向に変化しているのだと思いたい。

けれど本当に美しい人には、やっぱりどうやってもかなわないのだと思う。

こういう卑屈な自分が嫌だと思うものの、人間中身はそう簡単に変えられないのだ。

「もう少しで案内してくれるって」

「そうですか。ありがとうございます」

要さんが戻ってきてハッと我に返る。笑みを返したが、彼の視線が私ではなく窓際に立つ女性に向けられているのに気が付いた。

不思議に思って視線を追うと、その先にいた彼女が振り返った。そして要さんを見るなり、目を見開く。

「要――箕島さん、ですよね？」

名前を、呼んだ？

胸の中に一点、小さな墨のようなもやもやが落ちた。

要さんも一瞬驚いたような顔をした後、柔らかい表情を見せる。

「久しぶりだな。元気だったか？」

要さんが彼女のもとに向かう。彼の肩越しに見える女性は、花が咲き誇ったような笑みを浮かべている。

知り合いだということはわかった。しかもかなり親しいようだ。

だってさっき、名前を呼んでいたもの。もやもやした気持ちが、胸の中に広がっていく。

「美涼、ちょっとこっちに」

「え、はい」

いきなり名前を呼ばれて立ち上がった。拒否なんてできるわけもなく彼のところへ行く。相手の女性の視線が突き刺さり、居心地が悪い。悪意がある視線ではないけれど、観察されているだけで怖気づいてしまう。

「紹介する。俺の妻、美涼だ」

「はじめまして」

「こちらは昔世話になった人」

どんな相手か詳細がわからない以上、これ以上なんと言葉を続けていいのか迷い結局口を閉ざし、代わりに笑ってみせた。

「はじめまして。素敵な奥さんね」

「だろう？　自慢して歩いている」

要さんの言葉に、相手の女性は楽しそうに笑った。

私はふたりの様子を黙って眺める。

絵になる男女っていうのは、こういうふたりを言うのだと思う。

少し立ち話をしているだけで、疎外感なんて持つ必要なんてない。楽しそうに笑う女性の声がやたら耳に響くのは絶対に気のせいだ。

わかっているのに蚊帳の外に放り出されたような気持ちになるのは、なぜだろうか。

「箕島様、お待たせいたしました」

部屋に案内してくれるスタッフがやってくると、彼はすぐに話を切り上げた。

「お互い、いい旅行を。行こう、美涼」

「はい」

なんとなく要さんの顔が見られない。さっきまでの楽しかった気持ちが急激にしぼんでいくのがわかる。それに代わって黒いもやもやが大きくなっていく。

「美涼、どうかしたのか？」

「いいえ、なんでもないです。少し疲れたのかもしれません」

無理やり笑みを浮かべたけれど、あまりうまくいかなかった。その証拠に要さんの顔が曇る。

「部屋に着いたら少し休もう」

彼が手を差し出した。これまでと同様にその手を取ればいい。それなのに私は持っていたバッグを両手でしっかり持ってそれを拒んだ。

「はい、そうします」

顔を前に向けて、彼の方を見ないまま、前を歩くスタッフの背中だけを見つめて足を動かした。

部屋に到着すると、私はまたもや目を見張ることになった。

この旅館の客室は全七室。その中でも今日の部屋は離れにあり、独立した造りになっていた。山茶花《さざんか》の木でぐるっと囲まれた離れは人目を気にすることなくゆっくりできる、完全にプライベートな場所になっている。

部屋は和洋室になっており、畳の上に木目の美しいテーブルを始め座り心地のいいソファがある。一段高くなっている場所には大きなベッドがふたつ並んでいた。

本来ならば素敵な部屋に感激してあちこち見て回るだろうが、今の私にはそんな気が起こらなかった。

せっかくの旅行なのに、どうしても気持ちを立て直せない。いったいなにがいけなかったのか、理由がわかるようでわからない。

自分の気持ちをもてあまし、どうすることもできない。子供のような自分にあきれ、またそれで落ち込む。仕事の時なら、多少嫌なことがあっても態度に出すことなどなく、気持ちをすぐに切り替えられるのに。

ソファに座ったままで動かない私の隣に、要さんが座った。肩が触れそうな距離に思わずびくっとしてしまう。

明らかに不自然な態度だ。彼はこれまでと変わらない距離感で私と接しているのだから。

「美涼、どうしたんだ。急に」

彼が不審がるのも理解できる。そしてこのままこんな態度を取り続けるべきではないことも。

私は思い切って気になっていることを聞く。そうしなければこのもやもやは解消できない。

「さっきの女性、随分親しそうでしたが、どなたですか？」

こんな踏み込んだ話をするべきではない。そう思うけれど、どうしても我慢できなかった。私の言葉に要さんは一瞬驚いたように軽く目を見開いたが、その後少し困ったような表情を浮かべた。

「確かにあんな風にしゃべっていたら、気になるよな」

私は肯定とも否定ともつかない、曖昧な笑顔でごまかした。

「隠しても仕方ないから言うけど、昔付き合っていた子だよ。確か別れたのは三年近く前かな」

やっぱり……ただの知り合いじゃなかったんだ。ちょうど私が要さんの秘書になった頃だ。

「特別なにかがあったわけじゃない。ただ仕事が忙しく会えない日が続き、まぁ、愛想をつかされたってところかな」

彼は自虐めいた笑みを浮かべている。

「すみません、立ち入った話を聞いて」

「いや、俺こそ悪かった。お互いにもう完全に過去のことだし、無視するのも違うなって思ったんだけど、美涼への配慮が足りなかったな。ごめん」

「いいえ、そうですよね。知り合いならそうしますよね」

今はもう、あの女性への特別な感情はない。

頭では十分理解しているのに、もやもやが一向に晴れてくれない。しかしこれ以上は自分の問題だと思い、少し冷静になることにした。

「あの！　私、お風呂に入ってきます」

確かさっきスタッフの人が大浴場を勧めていた。ひとりになって落ち着くにはいい。いきなり立ち上がった私に、彼はなにも言わずに笑って「ゆっくりしておいで」と言った。

私は浴衣などをバッグに詰めて大浴場に向かう。その間彼の方を見ずに一心不乱に部屋から出てきた。こんな嫌な自分を見られたくないから。

大浴場の扉を開け、中に入る。じめっとした空気を散らすように扇風機の風が頬を撫でる。

脱衣籠に洋服を脱ぎながら、自分の気持ちに向き合う。

要さんが女性と話をする姿など、過去に何度も見てきた。恋仲だと噂になった人も知っている。しかしその時にこんな感情は抱かなかった。

頭の中に彼があの綺麗な女性と話をしている姿が浮かんでくる。それは確実に私にダメージを与えた。なんで今回だけ、こんなに気持ちがかき乱されたのだろうか。

「……嫉妬？」

思わず口からこぼれてしまった。周囲に人はおらず、誰にも聞かれなかったが、自分自身で口にして納得した。

私、やきもちをやいたんだ。

なんということか、こんな感情で要さんへの気持ちに気が付くなんて。

彼の中では終わった恋。今は私を大切にしてくれている。それをわかっていてもなお、他の女性と——それも自分が逆立ちしたところでかないっこないほどの美人と話をしている様子に嫉妬してしまった。

雅也に新しい恋人がいると知った時に感じたものとは違う。あの時は悲しみが大きかった。そして次に感じたのは〝仕方がない〟という気持ち。

それなのに要さんに対しては、前に付き合っていた相手だと、終わった恋だとわかっていても〝嫌だ〟と感じてしまう。

どれだけわがままで醜い感情なのだろう。しかしそれが、私が彼を好きだというのを如実に表している。

私、要さんのことが好きなんだ。尊敬や憧れじゃない。ちゃんと恋してる。自覚をしてみれば、なんてことはない。好きな相手にならあたり前に抱く感情。どうしてそれに気が付かなかったのか。

それはひとえに自信のなさからくる。

〝私なんかが〟要さんを好きなってはいけない。そう思って、ずっと尊敬や憧れという言葉でごまかしてきた。自分の気持ちに向き合うのをずっと拒否してきた結果だ。

しかしもう否定できない。そしてこの感情を抱いている限り、また彼に醜い感情をぶつけてしまうかもしれない。

どうするべきか、どうしたらいいのか。

私は悩みつつも、体を洗って湯に身を浸した。広い湯船につかり、大きく息を吐く。身も心も寛げるはずの温泉だが、頭の中も心の中もどんよりと曇っている。

恋を自覚したばかりなのに、どうしてこんな重い気持ちなのか。もっとウキウキわくわくするもののはずなのに。気が付いていなかった昼間の方が楽しかった。

とはいえもう自分の心から気持ちを追い出すことなどできそうにない。彼は私が近くにいれば都合がいいというだけで結婚したのに、今さら恋心を向けられたら困惑するに違いない。

結婚しているのに、好きって伝えられないって。こんなの誰にも相談できない。今頃になって、やっと自分たちの結婚がどれほど特殊だったのか思い知る。

大きく息を吐いた時、湯船にひとりの女性が入ってきた。顔を上げてドキッとした。

思わずジッと見てしまいそうになり、慌てて視線を逸らす。

早くこの場を辞した方がいいのはわかっているが、すぐに立ち上がると失礼なような気がしてタイミングを見計らう。

しかしそれがよくなかった。向こうも私のことに気が付いたようだ。

「箕島さんの奥様、美涼さん？」

近くに来て顔を確認されてしまった。「いいえ違います」なんて言えない。

「はい。そうです」

笑みを浮かべたつもりだが、うまくいっただろうか。

「やっぱり！　ご結婚はいつ？」

いきなり聞かれたが、これも無視できない。私は正真正銘彼の妻なのだから。

「二月に結婚しました」

「そうなのね、おめでとう！」

明るく祝いの言葉を送られて少し驚く。その様子に彼女の方も気が付いたようだ。

「彼から聞いているみたいだから話をするけど、私たち付き合っていたの。と、言ってもう随分前よ」

彼女は手で自らの体に湯をかけながら、ゆっくりと話を続ける。

「私はね、すごく彼のことが好きだったの。誤解しないでね。当時の話だから」

彼女の言葉に頷いた。

「でも彼にとってはそうじゃなかったみたい。もちろん傷つけられるようなひどいことはなにもされなかったわ。でも仕事ばかりの彼に言っちゃったの、あのセリフ。『仕事と私、どっちが大事なの――!』って。そりゃダメになるわよね」

苦笑いを浮かべる彼女に、頷いていいのかどうかわからず私も曖昧に笑うことしかできない。

「確かに彼、昔も今も忙しいですから」

「そうよね、あの立場の人だもの、それがあたり前なの。でもあなたとはこうやって温泉旅行に来て、そして元カノの話までしているわけよ。私のことなんかどうとでもごまかせる彼が正直に話をした。それだけあなたを大切に思っているということね」

確かに彼くらい頭の回転が速い人ならば、ごまかすことはそう難しくないはずだ。にもかかわらずちゃんと話をしてくれたのは、彼が私ときちんと向き合っている証拠に思えた。

「羨ましいって思っちゃった。もし当時の私だったら、取り乱していたかも」

彼女は肩を竦めて笑ってみせる。その様子から彼女の中でも過去の話なのだろうと感じた。

「実は、私もうすぐ結婚するの。今日も一緒に来ているんだけどすごく私を大切にしてくれる人だから、今日の今日まで箕島さんのことなんてすっかり忘れていたわ」

「あの、お話ししてくださってありがとうございます」

「別にお礼を言われるようなことなんてないから。ただ私のせいで喧嘩なんかされたら気分が悪いし」

「実は今、少し険悪な感じなんです」

彼女は「嘘。ごめんなさい」と私に手を合わせて謝罪した。

「いいえ、私がやきもちやいたのが原因なので。でもお話ができてよかったです。おかげで彼にちゃんと自分の気持ちを伝えられそうです」

彼女の話を聞くまで、自信が持てなくて色々なことから逃げていた。しかし彼にしっかりと今の自分の思いを伝える。

それでもしなにかが変わるとしても、そして変わらないとしても、やっぱり彼の前では素直な自分でいたい。

「ありがとうございました。あの、お幸せに」

まもなく結婚すると言った彼女にお礼と祝福の言葉を伝え、私は湯船から上がった。

それからできる限り、急いで身支度を終えた。

伝えると決めたら、一秒でも早く彼に会いたくなった。髪を乾かしていても肌を整えていても、彼にどう自分の気持ちを伝えるべきかそればかりを考えていた。

だから部屋に帰って彼がいないのに気が付いた私は、からっぽの部屋を見て不安になった。

もしかして、あんなことくらいで機嫌が悪くなった私に嫌気が差した？

思いあたるような態度を取っていた私は、軽くパニックになり、そのまま旅館の中で彼の姿を捜した。

もしかしたら外に出てしまった？

ガラス張りの廊下からふと外を見ると、要さんの姿があった。どうやら外に出ていたらしく私は慌てて玄関ロビーに走って向かう。

確かに部屋での私の態度は最悪だった。私を気遣って話をしてくれた彼に、頑なな態度を取ってしまった。気分を害して、部屋を出ていってしまっても無理もない。一緒に過ごすのも嫌だと思われて仕方ない。

そんな気持ちが相まって私は玄関から飛び出し、彼のいる場所まで走っていく。浴衣の合わせが乱れても気にしていられない。なりふり構ってなどいられない。

必死になって足を動かしていると、彼が向こうから歩いてきた。

「要さんっ！」

「美涼？」

私を見つけた彼は、驚いた表情を浮かべて駆け寄ってきた。

全速力で走っていた私は、うまく減速することができずに、思い切り彼の胸に飛び込んだ。

「ど、どうしたんだ。なにがあった？」

彼は動揺した様子だったが、しっかりと私を受け止めてくれた。

「わ……、私……」

言わなきゃいけないこと、言いたいことがたくさんあるのに、息が上がってなにひとつ言葉にできない。

その代わりに私を受け止めた彼の背中に手を回し、しっかりと抱きしめた。

彼もなにも言わずに抱きしめ返して、私が落ち着くのを黙って待ってくれた。

息を大きく吸い込むと、彼の匂いで体が満たされていく。同時に気持ちも落ち着いてきた。私は彼に回していた手をゆっくりとほどき、半歩ほど距離を取る。

お互いの顔がちゃんと見られる距離。私は顔を上げて彼の目をまっすぐ見た。彼も黙ったまま私が話をするのを待っている。十分考えたつもりだった。まず謝罪をしてそれから気持ちを伝える。セリフもずっと頭の中で繰り返してきた。

それなのに実際に彼を前にしたら言葉がうまく出てこない。

しかしこのままではいけないと勇気を出して口を開いた。

「好きになってごめんなさい」

彼は驚いた顔をした。しかしそれは私も同じだった。考えて考えたはずなのに、どうしてこんな言葉が出てしまったのだろうか。

「あの、違う。いや、違わないんですけど」

「美涼、ちょっともう一度落ち着こうか」

驚きつつも冷静な彼が、パニック気味の私に優しく声をかける。気持ちすらまともに伝えられない自分が情けなくて、涙が出そうだ。

大きく息を吸い込んでゆっくりと吐く。そしてもう一度彼の顔を見る。

そこには普段と変わらない、温かい表情を浮かべる彼の顔があった。

「こんな私なんかが、要さんを好きになってごめんなさい」

「美涼、なにを？」

「わかっているんです。要さんが私と結婚をしたのは、ご実家の結婚の重圧から逃れるためと、私という秘書を手放したくなかったからだって。ちょうど都合がよかった、それだけだってわかっていたし、それでもいいと思っていたのに――」

「待って、美涼」

彼が止めるのも聞かずに、私は話し続ける。

「それでも好きになってしまったんです。やきもちやく資格なんてないのに、それなのに我慢できなくてあんなひどい態度を。本当にごめんなさい」

感情が高ぶって目に涙がにじむ。

彼はジッと私を見ていたけれど、一度目をつむり、それからゆっくり目を開くとポケットからなにかを取り出し、私の手に握らせた。

なんだろうと手の中を見ると、それは昼間、私が神社で見ていた夫婦守だった。

「これ、どうしたんですか？」

目を見開き、彼を見る。

「これくらいしか、思いつかなかった。美涼の機嫌を直すのになにをしたらいいのかわからなかったんだ」

「それは、私が勝手に拗ねていただけで、要さんは悪くありません」

しかし彼は首を横に振った。

「いや、美涼が自分の気持ちを口にできないのは、全部俺のせいだろう。なんでも受け止めるつもりだったが美涼はまだ俺に気持ちを預けられていない。どうすれば夫として信用してもらえるのか答えが出ずに、結局は神頼みだ」

彼は私に握らせたお守りを指さした。

「『好きになってごめんなさい』なんて言わせて悪かった」

私は首を横に振って彼の言葉を否定する。

「美涼はなにも悪くない、俺がちゃんと自分の気持ちを伝えずに〝都合がいいから〟なんて理由で手に入れようとしたのが悪かったんだ」

彼は私を引き寄せると、強く胸に抱いた。

「ずっと好きだったんだ。美涼だけをずっと」

彼の告白に驚き、私は顔を上げようとした。しかし彼はそれを許してくれない。

「好きなのにちゃんと言えなかった。手に入れてしまってそれから伝えるつもりだった。それが美涼をこんなに傷つけることになるなんて、思っていなかったんだ」

彼が私を抱きしめる腕に力がこもる。私の耳が彼の心臓のあたりにあたる。ドクンドクンという胸の高鳴りを聞いて、胸が震える。

「私、好きになってもいいですか？　もっとあなたを好きになっても——」

私が口にできた言葉はそこまでだった。それ以降は彼の唇に飲み込まれたからだ。

「んっ」

いきなりのキスは熱く激しく甘い。それが彼の私への思いと同じだと気が付くと、苦しいくらい胸が締めつけられ、それと同時に目頭が熱くなってくる。

「許可なんか必要ない。俺が愛を乞いたいのは、美涼だけなんだから」

彼の言葉とキスに脳内がしびれて自分の体を支えられない。縋るように抱きついた私を彼は強く抱きしめた。


「美涼、こっちに来て」

部屋に戻った私は、彼に言われるままバルコニーに出る。

「わぁ、すごい。檜風呂ですか？」

部屋に到着した時は、見て回る余裕すらなかった。

「そうだ。この部屋にしたのはこの風呂があるから」

彼はそう言うと、私の浴衣の帯に手を伸ばした。

「あの、えっと――」

「さっき走っていたからきっと汗かいただろうし、せっかく風呂がここにあるんだから入らない手はないだろう？」

「あの、そうかもしれませんが。ここで、ですか？」

「あぁ、俺と一緒に」

「一緒に？」

驚きすぎてオウム返しをしてしまう。そんな私を気にすることなく彼は自らの服を脱ぎはじめた。

「美涼が脱がされるのがいいって言うなら、そうするけど。どうする？」

彼に裸を見られるのは初めてではないが、明るいところでは恥ずかしい。まだ渋る私に彼はねだるような視線を向けてきた。

「仲直りのしるしに、一緒に風呂に入りたいんだけど。ダメか？」

そう言われると立場が弱い。今回勝手にやきもちをやいて拗ねたのは私なのだから。覚悟を決め、苦肉の策で彼に背を向けてから浴衣の帯を緩めた。しかし背後から彼がその手を止める。

「やっぱり、俺が脱がしたい」

耳に吐息交じりの声が響く。帯をほどいていた私の手に彼の熱い手が重なる。背中から感じる彼の熱に、私の羞恥心が溶かされていく。

私はこれ以上抵抗もせず、彼のされるがままになる。

「俺みたいな、悪い男が美涼を好きになって悪かった。でももう絶対手放せない。観念してくれ」

帯が解かれて浴衣が体から滑り落ちた。むき出しになった肩に彼がキスを落とす。彼の長い指が私の顎をとらえた。そしてそのままゆっくりと後ろに向くように促され、すぐに唇が塞がれる。舌をからめ捕られ激しく深いキスに、私は自分のすべてをゆだねた。

唇が離れ、ふたりの間を銀糸のような唾液が繋ぐ。

「このままだと、風呂なんか無視して、ベッドに行きそうだ」

彼はそう言いながら、私を抱き上げそのまま湯船に浸かった。

さすがに湯船の中でまで彼の膝に座っているわけにもいかず、私は隣に腰を下ろした。少し不満げにしていた彼だけど、隣に座って彼の肩に身を寄せるとなんとか納得してくれたみたいだ。

少し熱めの湯と、色々な意味で火照った体を夜風がちょうどよくクールダウンしてくれた。遠くの夜空に見える星をふたりで見つめる。

やっと訪れた夫婦の穏やかな時間。湯の中でしっかりと繋がれた手がこれからも強くなるふたりの絆の象徴のように思えた。

第五章　忍び寄る執着

シンガポールの企業との契約が無事締結され、要さんはますます忙しくなった。それと同時に秘書の私もバタバタと過ごしていたが不満はない。

こういう時は彼の秘書を続けていてよかったなと思う。すべてを理解することはできないが、いつでも彼を支えられる。ひとり家で帰りを待つよりもずっといい。

帰宅後はたっぷり甘やかしてもらい、私はこの世の春を満喫している気でいた。

そんな穏やかな時間が、続くと思っていたのに……。

楽しい旅行から三週間ほどたった頃。突然兄から連絡があった。

「もしもし、お兄ちゃん。どうかしたの？」

昔から母はことあるごとに連絡をしてきたが、兄からなんて珍しい。なにかあったのだろうかと身構えて出たが、電話の内容はそれでもショックを受けるようなものだった。

ふなとが賞味期限を改竄《かいざん》した商品を、顧客に提供していたというのだ。地元の新聞でも大きく取り上げられたようで、今や実家の周辺では知らない人はいないらしい。

「そんなことありえないわ。嘘でしょう」

父も兄も菓子作りに真摯に取り組んでいた。それこそもう少し採算を考えた方がいいと思う商品も多い。母もふなとを思う気持ちは大きい。だからこそ偽装などという店の信用を貶めるようなことをするはずがない。

ふなとで働く人たちはこれまで顧客の立場に立ってやってきた。それなのに顧客や自分さえも裏切るような行為などありえない。

自宅で電話を受けた私は、スマートフォンを強く握りしめた。普段あまり声を荒らげない私の様子に、要さんもなにかあったのだとすぐにわかったようだ。心配そうにこちらを見ている。

《どうやら注文が立て込んだ時に雇った、臨時バイトの子がやったみたいなんだ》

「なんで、そんなアルバイトの子が偽装行為をするの？」

《わからない。だって彼女にはなんのメリットもないはずなんだ》

兄の言う通りだ。わざわざ目を盗み、危険を冒してまでする必要のないこと。私も兄もそこが理解できない。

《たとえ理由がわからなかったとしても、雇った俺たちの責任になる》

それはそうだ。顧客からすれば、なんの言い訳にもならない。

「店はどうなっているの？　お父さんやお母さんは？」

一番気になっていることを聞いた。兄は言葉に詰まった後、状況を説明してくれた。

《かなり落ち込んでいるよ。美涼には知らせるなって言われたけど。そういうわけにもいかないだろ》

「そうね。教えてくれてありがとう。それで今後の見通しはどうなの？」

嘆いているばかりではどうしようもない。しかし兄の声はさらに暗くなる。

《ありもしない噂まで広まって、開店休業状態だ。これまで納品していたホテルも今後の取引を考えるって。どうしたらいいんだろうな》

兄の悲痛な声に、私の胸も張り裂けそうになる。

田舎で噂が広まるのは光のごとく速い。それが真実かどうかなど問題ではないのだ。渦中に立たされ、でもその場から逃げられない時の気持ちは、経験者の私は痛いほどわかる。

心配そうにこちらを見続けている要さんと目が合う。

今はこうやって助けてくれる人もいるし。

店を第一に考えていた家族たちは、どうすることもできないでいる。とりあえず気持ちを強く持って頑張ってとしか言いようがなかった。

電話を切った後、ソファに深く座り込むと、そこに要さんがグラスに入った水を持ってきてくれた。

「大丈夫か？」

「はい」

グラスを受け取り、ひと口飲む。その次に渡されたのは彼がいつも使っているタブレットで、画面にはネットニュースが表示されていた。ふなとの店の写真とともに不祥事を報じる内容だ。

兄との会話でなにかを察した彼が、先手を打って調べてくれていたようだ。

「ひどい」

その内容に怒りを覚える。しかしここで私が反論したところで、どうなるわけでもない。

「こういう報道は事情や背景までは語られないから。事実として賞味期限の偽装があったとしか書かれない」

下の方のコメント欄には、店を責める言葉が並んでいる。それに交じって【ふなとのお菓子好きなのに食べられなくなるのは残念】というコメントを見つけて、そちらのコメントにより胸が締めつけられた。

目に涙をためた私を、要さんは隣に座って抱き寄せてくれた。気が緩み、涙が瞼から落ちる。

「すみません。泣いたところでどうにもならないのに」

「どうにもならないことだからって我慢する必要ないだろう。俺の前で」

優しい言葉に涙が止まらなくなる。

「前にも話しましたが、私は地元が苦手で逃げるようにして東京に出てきました。絶対に戻りたくなくて、要さんを結婚に巻き込んだのに、やっぱり実家がこんなことになると悲しくて」

いい思い出だけではない。私にとって色々とつらいこともあった。世間体を気にして過干渉な両親から逃げたくて仕方なかった。

それでも自分にとっては大切な場所だと、今さらながら思い知らされる。

「人間なんてそんなものだろ。色々な感情があるのがあたり前だ。俺はそんな美涼が好きだし愛しいよ」

彼になぐさめられて、荒んでいた気持ちが穏やかになる。

「俺の方でも詳しく調べてみるから、美涼は落ち着いて。真面目にやっていればきっと信頼は回復するから」

彼の言葉に私は頷いた。きっとふなとを信じてくれる人たちはいる。今はそう信じるしかなかった。

それから数日、実家のことを気にしながらも日々を過ごしていた。そんな時に見慣れない番号から連絡があり、不審に思いながらも応答した。

「もしもし」

《田辺です。船戸さんひさしぶり》

思いもよらない人物からの電話に驚いた。彼とはお見合いの場で別れたっきりだ。見合いについては向こうから断ってもらった。

《ご実家、大変みたいだね》

「……うん。ちょっと色々あるみたい」

彼の実家は地元の銀行だからふなとの騒動を知らないわけはない。しかしなぜ私にわざわざ連絡をしてきたのだろうか。

《そのことで、少し君に話があるんだけれど、時間取れないかな。できれば旦那さんには内緒で》

「それは……電話では話せないの？」

最後の『旦那さんには内緒で』という言葉が引っかかる。見合いの時のやり取りで、田辺くんが要さんをよく思っていないだろうと思っていた。

《ご実家に関わる大切な話だ。ふたりだけで話ができないかな?》

今大変な実家の話だと言われると心が揺れる。しかし彼に黙って会うという選択肢は私になかった。なぜなら見合いの時に要さんに嫌な思いをさせているからだ。

「実家のことを気にかけてくれてありがとう。だけどふたりでは会えない」

はっきりと断ると、相手はしばらく無言になった。どうしたらいいのか迷っていると、やっと向こうが口を開いた。

《そうか、わかった。君のその判断が間違っていないことを祈るよ》

そう言うとそのまま電話が切れてしまう。脅迫めいた言葉に背筋が凍える。

なぜ田辺くんが今さら?

確かに見合いの席では失礼なことをした自覚はある。あの後真摯に謝罪をして、完全に話は終わっている。

彼が跡を継ぐはずの銀行は、この間までふなとのメインバンクだったが、それも要さんが紹介してくれたコンサルティング会社を通じて変更している。

もう関係はないはずなのに。田辺くんの残した言葉が気になってしまう。

でも要さんも調べてくれるって言っていたし。心配ばかりしていてもしょうがない。

父はこの窮地をチャンスに変えるべく新作を、兄はネット販売ができるようにと色々と準備をしているようだ。

両親や兄、そして要さんを信じよう。

私は不安の中でも希望を持つようにした。


しかし前向きになったところで、事態は好転するわけではなかった。

その日の昼休みに送られてきたメールを見て、私は愕然とした。その場で固まって動けなくなってしまう。

「――すず、美涼っ！」

会議に出ていたはずの、要さんの声で我に返った。

「あ、おかえりなさいませ。今、あの、お茶を――」

立ち上がった私を、彼は座らせた。

「見たんだな」

「あっ……はい」

さっき送られてきたメールの宛て先には、要さんの名前もあった。おそらく同時に送ったのだろう。彼はそれを見て急いでここに戻ってきたのだ。

「すみません、ご心配かけて」

「なぜ謝る。俺が美涼を心配するのはあたり前のことだろう。しかし誰だ、わざわざこんなものを送ってくるのは」

私の目の前にあるパソコンの画面に表示されているのは、地元紙の記事だ。ふなとの元従業員という人が匿名でインタビューに答え、賞味期限の改竄は父の指示だと告白していた。

そんなこと絶対にありえないと、はっきり言い切れる。しかし娘の私が言ったところでどれだけの人が信用してくれるだろうか。

「いったい誰がこんなことを……両親はずっと真面目に商売をしていたのに」

相手が見えないのが怖い。狭いコミュニティの中でずっと頑張ってきた。そんな両親を誰がこんな目にあわせているのか、目的がなんなのかわからない。

「美涼」

要さんが私をそっと抱き寄せた。

「社長、今は業務中です」

「我が社にはきちんと昼休憩があるはずだ。別に美涼をなぐさめているんじゃない。

俺が抱きしめて休憩しているだけだ」

強がる私を要さんは明るくなぐさめる。そんな優しさに包まれて、痛んだ胸が癒やされていく。

「ありがとう、抱きしめさせてくれて」

「いいえ、お礼を言うのは私ですよ」

こうやってどれだけ私は彼に助けられたのだろうか。それに引き換え、私は彼になにを与えられているだろうか。秘書としては、今まで通りにこなしているつもりだし日々努力もしている。しかし彼の妻としてはどうだろうか。

気持ちが通じ合った後、私がなにか彼のためにできているだろうか。

そう考えると胸がチクッと痛む。お荷物な妻にはなりたくないのに。

「難しいことは考えるな。俺の方で調べは進んでいるから、美涼は笑って」

要さんが私の頬を持って無理やり口角を上げた。

「ほら、笑った方がかわいい」

「もう」

どうにか私を笑顔にしようとしてくれる。彼のためにもいつまでも落ち込んだ顔をしていられない。仕事に集中して、あまり考えすぎないようにしよう。

そう心に決めたのに、うまくはいかなかった。

その日の夕方、千里から久しぶりに飲まないかと誘われた。私は迷ったけれど、要さんに『息抜きに行ってくれば』と言われ、お言葉に甘えることにした。彼もちょうど接待なので、気兼ねしなくて済む。

いつもの居酒屋に五分前に着いた。席を見回すとすでに千里が到着していた。

「こっちだよ～」

笑顔で手を振る千里を見て、気持ちが明るくなった。ただ会って話をするだけでも彼女は私を元気にしてくれるのだ。

「ごめんね、待たせて」

「ううん。私が早く来たの。珍しいでしょ」

「確かにそうかも」

「もう～」

唇を尖らせた千里が、メニューを差し出してきた。ざっと目を通して結局いつもと変わらない注文をして乾杯する。

「はぁ～美味しい。夕方からずっと水分我慢してたんだよね」

千里のジョッキの中身は、すでに半分になっている。

六月に入ってじめじめする日が増えた。まもなく梅雨入りしそうな今、仕事終わりのよく冷えたビールが美味しくなる時季だ。

最近落ち込みがちだったのに、千里と話をしている今は難しいことを考えずに済む。

中高と私がちゃんと学校に通えたのは千里のおかげだし、卒業後もこうやって会って時間を一緒に過ごせる大切な友達だ。

「あのね、千里。色々と話したいことがあるんだけど……なにから話そうかな」

ふなとの事件やそれに田辺くんのことも、千里に相談すれば解決はしなくても心が軽くなるに違いない。

「ゆっくりでいいよ？　時間はあるんだから……あっ」

千里がバッグからスマートフォンを取り出した。そして画面を見てはにかんだ顔をする。

「どうかしたの？」

「ごめん、美涼の話も聞きたいんだけど、実はね紹介したい人がいるの。今から呼んでもいい？」

いつもはきはきと話す千里が、目を伏せてもじもじしている。その様子からどんな関係の相手なのかすぐにわかった。

「もしかして、彼氏？」

「うん、実はついこの間付き合いはじめたんだけどね。美涼には直接会って紹介しておきたくて」

「えーそうなんだ、おめでとう！　私が先に要さんを紹介したかったのにな」

「仕方ないじゃん、美涼の旦那様は忙しい人なんだから。って呼んでもいいって聞いたけど実はもうこっちに来てるんだ」

千里は恥ずかしそうに、おしぼりを丸めたり広げたりしている。そんな彼女の姿がかわいらしくて相手がどんな人なのかと興味が湧く。

「ねえ、少しでいいからどんな人か教えて」

「うん。でも美涼も知っている人だよ」

「え、そうなんだ」

共通の知り合いはそう多くない。何人か思い出そうとしていたその時に、千里の背後に立った男性を見て、息が止まった。

その人は、目が合うとニヤリと笑った。その笑みにゾクリと背中に悪寒が走る。

私の視線に気が付いた千里が、振り向いてその男性の名前を呼んだ。

「田辺くん、こっちだよ」

千里が手を挙げると、彼はさっきの気味の悪い笑みではなくさわやかな微笑みを浮かべて千里に笑いかける。

「ごめん、急にお邪魔して。千里がどうしてもって言うから」

「えーだって、美涼にはちゃんと報告しておきたかったんだもん」

うれしそうに笑う千里。本当なら一緒に笑いたかった。けれど今の私にはそれができそうにない。

「ど、どうしていきなり、ふたりが付き合うことになったの？」

私は動揺をひた隠しにして、ふたりに尋ねた。

「そうだよね、そう思うよね」

千里は恥ずかしそうにしながら、田辺くんの腕に手を絡ませた。

「俺から告白したんだ。よく見たらいい女だなって」

「よく見たらって、失礼じゃない？」

千里は頬を膨らませて抗議する。

「ごめんごめん、今は世界一かわいいと思っているよ」

「じゃあ、許す」

ふたりは見つめ合って笑っている。その様子を見たら私の中にある田辺くんへの嫌悪感が間違いであるような気がした。私にとって田辺くんはあまりいい印象はないけれど、千里から見たら大切な人だ。私の感情でそれを否定すべきではない。

ない……のだけれど。お見合いの時の乱暴な物言いの彼や、この間電話してきた時の態度がどうしても引っかかってしまう。

「田辺くんもなにか飲む？」

「うん、なににしようか」

千里の勧めに彼がメニューを見ながら、ポケットをまさぐる。

「あ、たばこ切らしてたんだ。この辺りコンビニある？」

「んーあるにはあるけど、わかりづらいところにあるかな。私、行ってこようか？」

「いや、悪いよ」

「いいよ、別に。少し風にあたりたいと思っていたから。いつものでいいよね、行ってくる」

千里は立ち上がると、バッグを掴んで出口に歩きだした。

「ふたりで仲よく飲んでいて」

千里が手を振って店を出ていく。彼女に悪気はないのだろうけれど、私としてはできれば田辺くんとふたりにはなりたくなかった。

なにを話せばいいのかと、迷いながら目の前のレモンサワーをひと口飲むと、彼が注文したビールが目の前に置かれた。

「たばこ、吸ってもいい？」

「うん、でもさっき切らしてるって言ってなかった？」

彼は胸ポケットから加熱式のたばこを取り出すと、その場で吸いはじめた。

「嘘だったの？」

「さて、どうだろうね」

不敵な笑みを浮かべる田辺くんを見て、やっぱりこの人は信用できないと思う。

「千里っていい子だよね。人を疑わないというか、だまされやすいっていうか」

「私の大切な親友を悪く言わないで」

彼を睨んだが、おかしそうにクスクス笑っている。

「美しい友情だね。でももし俺が船戸さんを傷つけるために、千里に近付いたと言ったらどうする？」

「どういう意味？　まさか」

私は彼の考えていることがわかって、胃の中が怒りで熱くなるのを感じた。

「千里を傷つけたら、許さないから」

「怖いな、そんなに怒らなくても。君の態度次第では、千里は俺に騙されたまま幸せでいられるんだから」

「よくそんなひどいことができるわね」

千里は完全に田辺くんのことを信用しているようだった。それなのに、彼の気持ちが嘘だと知ったら、そしてその原因が私にあるのだとしたら。

もし彼女が傷ついたら耐えられない。

「俺にそんな態度取っていいのか？」

ドンッと彼がこぶしでテーブルを叩いた。周囲のお客さんもなにがあったのかとこちらを見ている。

悔しい——。だけど私のせいで千里を泣かせたくない。私は彼に頭を下げた。

「不快にさせてごめんなさい」

意に沿わないけれど、こうするしかない。しかし必死に怒りを抑えた私に彼は追い打ちをかけた。

「そんな態度だから、実家にも迷惑がかかるんじゃないのか？　あ、この間のメールで送ったインタビューの記事、ちゃんと読んでくれた？」

「え、どうして知っているの？　もしかして」

にやりと笑う田辺くんの顔を見て、私は確信した。メールを私たちに送ってきたのは彼だと。

「ふなとはもう終わりだよね。あんな記事が出たんだから。せっかくコンサルまで入れて、銀行も替えたのに残念だね」

「どうしてあんなことを？」

「あんなことって、メールだけだと思ってるの？　本当にお人よしだよね」

我慢できないといった様子で、彼が声をあげて笑いはじめた。

「まさか……」

怖いことを考えてしまい、鳥肌が立った。

「頭の回転は速いんだよね、船戸さんは昔から。そうだよ、あの臨時アルバイトを送り込んで、賞味期限の改竄をさせたのも、それが君のお父さんの指示だって雑誌に暴露させたのも、全部俺の指示」

驚きと怒りで私は唇を震えさせる。

「ひどい、ひどすぎる！」

両親が大事にしてきたものを、なぜ関係のない彼が壊そうとするのか理解できない。

「理由を教えてほしそうだね。それは、目障りだからだよ。ただの小さな和菓子屋風情が、見合いは断るし銀行取引も引き上げるって。偉そうなんだよ」

それは完全に言いがかりではないか。確かに見合いを安請け合いした母にも問題はある。しかし田辺くん側から断ってもらうようにしたし、店の経営についても貸し渋りをしていた銀行との取引をやめただけだ。

確かにどちらも彼にとっては気持ちのいいものではなかっただろう。けれどこんな風に、人を雇い、陥れるようなことをするなんておかしい。

「それに俺が最も気に入らないのは、君だよ。実家も君のことも助けてあげようと見合い話を持っていって手を差し伸べたのに、それを振り払うなんて立場をわきまえていないにもほどがある」

「それは、失礼なことをしたとは思うけどそんな理由で……」

ずっと見下していた相手が、思い通りにならなかったことに腹を立てているようだ。

「それに君の旦那もむかつくな、あの目が気に入らない」

要さんまで。私は悔しくてぐっと奥歯をかみしめた。

言い返したい気持ちが大きいが、そうすれば解決の糸口が掴めなくなってしまう。すべて言いがかりのような理由だ。けれど彼を納得させなければ、千里や実家のようにまた誰かが私のせいで犠牲になってしまう。

箕島家はかなり力のある家だから、なにかあっても解決できるだろう。しかしなにかがあること自体申し訳ない。

要さんのご両親は、ただの秘書である私を快く受け入れてくれた。要さんと私の結婚を社内の重鎮に納得させてくれたお義父《とう》様。着物やマナーの知識のない私に、時間を惜しむことなく色々教えてくれたお義母様。

決して迷惑をかけてはいけない。私がひとりで解決しなくては。

彼が気に入らないのは私だ。それならば彼の怒りを治められるのは私しかいない。

「どうすれば、納得してもらえるの？」

「そうだな」

私の問いに、田辺くんは今まで見たこともないような醜悪な笑みを浮かべた。

「俺に一度抱かれれば、許してやるよ」

◇◇◇

最近、美涼の様子がおかしい

実家の件で色々あり不安定なのは理解できるが、どうもそれだけではないような気がする。

実家の事件に関しては、おおよその実態が掴めてきた。しかし犯人を特定したところで事業がすぐに元通りになるわけではない。

そのあたりを含めて、今は慎重にことを進めている。下手に相手を刺激しない方がいい。相手は自分の利害を考えずに、気持ちのまま動いているだけにたちが悪い。

なんとか彼女に知られないで解決したい。

今の心ここにあらずの彼女を見ると、余計にそう思ってしまう。

ここのところの美涼は仕事も家事もそつなくこなしているので、本人はばれていないつもりだろう。

だが、時折見せる思いつめた表情、ふとした瞬間に漏らすため息。

常に一緒にいる俺が気が付かないはずはない。それでも彼女が「大丈夫だ」と言うならそれ以上追及することはできない。

夫っていっても、案外役に立たないものだな。

自分としては、なにを放っても彼女を大切にしたい、甘やかしたいという思いがある。しかし彼女はそれを求めていない。もう少し頼ってほしい、心の内をすべて知りたい。そう思うけれど彼女自身がそれをよしとしない。

仕方ないな、そういうところにも惚れたんだから。

彼女の凛とした強さに惹かれた。しかし夫となった今、その彼女の強さに寂しさを覚える。本当に身勝手な感情だと自分を揶揄する。

今もこうやってリビングからカウンター越しに美涼を見ているが、彼女はまったく気が付かない。これまでならそんなことはなかった。

俺が視線を向けるとしばらくして気が付く。そして見られているのに気が付いた彼女は、少し頬を赤くしてこちらをかわいく睨む。

しかしここ最近はそういうことがない。きっと心に余裕がないのだ。

彼女は食事を作るためにキッチンに立っている。しかしさっきから手は止まったままだ。

「美涼」

「あっ、はい」

ハッと我に返った彼女が、やっと俺の方を見た。

「ちょっとこっちに」

彼女は呼ばれるまま俺のところにやってきた。目の前に立った彼女の手首を掴んで、少々強引に自分の膝の上に座らせた。

「要さん？」

突然のことに驚いたようだったが、素直に膝に収まっている。俺は彼女の背中に腕を回して抱きしめる。

「ちょっと、充電」

彼女がくすっと笑った。

「仕方ないですね」

「あぁ、仕方ない」

本当は、俺じゃなくてお前の充電をしたいんだけれど。

この抱擁がどれほど役に立つのか、もしかしたらまったく意味をなさないかもしれない。それでも少しでも思いつめる彼女を安心させたい。

最初はされるがままだった彼女が、俺の首に腕を回した。そしてわずかに力を込めながら頬を俺の髪にうずめる。

普段見せない甘える態度。重たいものを抱える彼女が言葉はなくても俺を欲してくれているのがわかる。

「美涼はやわらかいな」

「要さんは、あったかいです」

お互いがお互いの足りない部分を補い合う、まるでパズルのピースみたいにぴったりとはまっている。そんな気がしていた。

今彼女が求めているのが、こうやってただ抱きしめるだけならそうしよう。きっと話したいタイミングがくるはずだ。それを待とう。

しかしこの判断を後悔する時が、すぐにやってきた。


——二日後の土曜日。

午前の会議を終えて帰宅した俺が見たのは、ダイニングテーブルに置かれている離婚届だった。

第六章　好きだからさようなら

二月の末に入籍して三カ月と少し。

思えば人生で一番幸せな時間だったかもしれない。

好きな人に愛されて大切にされた経験は、きっとこれから私の支えになる。この先なにがあったとしても。

私はいつも通り要さんが仕事に向かったのを見計らって、ダイニングテーブルに一枚の書類を広げた。

【離婚届】と緑色の文字で書かれた紙。まさかこんなに早く使う日が来ると思わなかった。

最初は、要さんにもし本当に好きな人ができたら別れるつもりだった。あくまで自分は都合のいい相手なのだと割り切っていた。

そのはずなのに。

いつの間にか彼を深く愛し、そして彼も私を好きだと言ってくれた。だからこそ今こんなに苦しい思いで、自分の名前を書いている。

箕島美涼——仕事では旧姓を使っていたけれど、こうやって箕島姓でフルネームを書くとどこかくすぐったかった。

それも今日で終わり。

二枚用意した離婚届。一枚目は案の定書き損じた。正確には、きちんと記入はできたけれど、そこに私の目からこぼれ落ちた涙がにじんだのだ。

これでは彼が怪しむだろう。理由は私の心変わりだと一緒に残す手紙に書いた。それなのに涙の跡があれば勘の鋭い彼が違和感を持つかもしれない。

きっと優しい彼だから、すぐには離婚に応じてくれないはず。けれどこれから起こることで迷惑をかけるはずだから、なにかあった時に私を切り捨てられるようにしておいた方がいい。

もう十分幸せにしてもらった。だから私は、大切なあなたやみんなを守りたい。

書き終えた手紙と離婚届をダイニングテーブルに置く。そしてボストンバッグを手に部屋を出ようとしたその時、玄関から扉が開く音が聞こえてドキッとする。

もしかして、帰ってきちゃった？

慌てて玄関に向かうと、靴を脱いでいる要さんがいた。私は努めて冷静に彼に声をかける。

「おかえりなさい。早かったですね」

「あぁ。割とすぐに切り上げられたから。ん？　どこか出かけるのか？」

彼は目ざとく、私の服装や持ち物を見た。ここであまり話をしていると、彼がなにか気付くかもしれない。

私は笑みを浮かべてごまかした。

「ちょっと約束があって。行ってきます」

「そうか気を付けて。帰りは連絡くれれば迎えに行くぞ」

こんな時にまで優しくされて胸が痛む。私は曖昧に笑って返事をせずに靴を履いた。

そして扉に手をかけて、彼に届くか届かないかの声で告げた。

「さようなら」

彼の方を見ずに、外に出る。

「おい、いってきますだろ」

ちゃんと聞こえていたようで、彼の声が背中越しに聞こえた。しかし私はそれに返事をすることなくエレベーターで一階に降りる。

エントランス前で待機していたタクシーに乗り込む前に、数カ月住んだマンションを見上げた。

初めて部屋に入った時、その立派さに驚いたのがついこないだの話なのに。いつの間にかここで要さんの帰りを待つのがあたり前になっていたな。

こんなことになるなら、お料理とかもっと頑張るんだった。なにを作っても残さず食べてくれた。器用な彼は時々、一緒にキッチンに立ってくれたこともあった。

思い返せば涙がにじみそうになって、慌ててタクシーに乗り込んだ。

「ロージアンホテルまで」

覚悟を決めて先方に指定されたホテル名を告げた瞬間、マンションのエントランスから飛び出してきた人を見て驚いた。

「美涼っ！」

要さんは私がタクシーに乗っているのに気が付いて、そのまま駆け寄ってきた。そして後ろのドアをドンドンと叩いている。

「行くな、美涼！」

彼の手には握りしめられて、くしゃくしゃになった離婚届が握られている。きっと彼はすぐに気が付いて追いかけてきたのだ。

「お客さん、どうしますか？」

タクシーの運転手が困った表情でこちらを見ている。私は痛む胸を無視してまっすぐに前を向いた。

「出してください」

「本当に、大丈夫なのかい？」

「はい、かまいません」

外を見てはいけない。要さんの目を見ては、絶対にいけない。私のもろい決心が鈍ってしまわないように自分を奮い立たせる。

しかし外では、要さんが大きな声で私の名前を呼んでいる。

「ダメだ、美涼！　ちゃんと話をしよう」

タクシーはゆっくりと動き出したが、彼はまだあきらめていないようで走りだした姿がサイドミラー越しに見える。

「美涼、こっちを見て」

だんだん加速するタクシー。私は彼がケガをしてしまわないか心配になる。けれどここで振り返ったら、決心が鈍るのは間違いない。

彼を無視して、ジッと前を見る。息をするのも苦しくて胸を押さえた瞬間。

「愛しているんだ！」

悲痛な愛の言葉が私の耳に届き、我慢できずに振り返ってしまう。彼は悲しみに満ちた表情でタクシーをまだ追いかけている。

その顔を見てしまい、それまで色々と我慢していた私の胸が張り裂けた。

「うぅ……うぅうう、わぁぁああ」

顔を覆い、それでもあふれ出る涙は顎を伝いスカートの上へと落ちる。声をあげてしゃくりあげ、大切なものを本当に失う時はこんなにも胸が痛いのだと初めて知る。

嗚咽を漏らしながら、胸の痛みに耐える。

ふとバッグの中でスマートフォンが震動しているのに気が付いた。私は相手が誰かも確認せずに電源を切る。

「大丈夫ですか？」

少し落ち着いた私に、運転手がバックミラー越しに気遣う視線を投げかけてきた。

「すみません、取り乱して」

私はバッグからハンカチを取り出すと、まだ出てこようとする涙をなんとか抑え込んだ。

泣いている場合じゃない。しっかりしなきゃ。

私はバッグの中の持ち物をもう一度確認して、心を落ち着けるようにギュッと目を閉じた。

タクシーはほどなくして、目的地であるロージアンホテルに到着した。

ロビーの椅子に座って待ち合わせ相手を待つ。カフェテリアの前に何度か見たことのあるスタッフがいて、それだけでホッとした。

ここは彼との思い出の場所だから、違うホテルがよかったな。

うつむきがちにそんなことを考えていると、男性ものの革靴が視界に入って顔を上げた。

「早く来て待っているなんて、偉いね。逃げ出すかと思ったのに」

私を見下げるように立っているのは、田辺くんだ。口角は上がっているが、目が笑っていない。緊張で息をのむ。しかしそれを相手に悟られたくない。しっかりと背筋を伸ばし、口を開いた。

「カフェテリアで話をしない？」

私の提案を田辺くんは鼻で笑った。

「カフェ？　君はここになにをしに来たか忘れているんじゃないだろうね？」

「……いいえ」

彼の目的は私を抱くことだ。私の目の前にカードキーをちらつかせた。

「やっぱりやめておく？　怖気づいたならそれでもいいけれど」

バカにしたような言い方。しかしここでやめるわけにはいかない。

「もう一度きちんと話をしてほしいの。気持ちを固めるためにも」

田辺くんは目を眇めてうかがうように私を見た。

「俺もそこまで悪い男じゃないからね。覚悟ができるなら少しくらい時間を取ろうか」

こちらの提案にのってくれてホッとした。しかし気は抜けない。ここからが大事なのだから。

「じゃあ向こうに。席を用意しているから」

私が指さしたのはカフェテリアの奥。広いフロアの半分を貸し切っている。申し訳ないと思いつつも、これには箕島の名前を使わせてもらった。そうでなければ、こんなわがままは通用しない。

「準備がいいな」

嫌みと取れる言葉を聞き流し、私は一番奥の席に座った。ここならば人目がある。会話の最中に田辺くんが逆上して話ができなくなることはないだろう。

きちんと約束をしてもらわなければ、私の行動はなんの意味もなくなってしまう。

向かい合って座ったふたりの間にコーヒーが置かれる。どちらも手をつけずに冷めていく様子を眺める。

「それで、君が聞きたい話は？」

口を開かない私にしびれを切らしたのか、田辺くんから先を催促された。

私はバッグの中に手を入れて、がさごそと動かした。

「ん？　どうかしたか？」

「あった。ハンカチを探していたのよ。手に汗をかいたから」

自分の手を拭い、ハンカチを握りしめたまま膝に手を置く。

「さっさと面倒な話は終わらせて、部屋でふたりで楽しもうじゃないか」

彼の言葉に嫌悪感が体中をかけめぐる。しかし言う通りにしなければ大切な人たちが傷つく。できるだけ冷静に。こういう時に秘書として培った冷静さがものを言う。

「確認だけどふなとの賞味期限改竄は、田辺くんが雇った人物が実行したということで間違いない？」

「あぁ、そうだね。君のご両親はすぐに人を信用するみたいで、簡単だったそうだよ」

両親をバカにしたことに怒りを覚えたが、我慢して続ける。

「その実行した人物に地方紙へと告白させたのも、田辺くんがやったのよね？」

「あぁ、助けてあげるっていう俺の手を君が払いのけたのが悪かったよね。人の厚意はしっかりと受け取るべきだ」

あたかも自分がまっとうだと言うような言い方に、ハンカチを握ったこぶしに力が入る。

もう少しだから、我慢、我慢。

自分に言い聞かせて、話を続ける。

「千里に近付いたのは、私があなたの言う通りにしなかったから？」

「大切な親友が傷つくか傷つかないかは、君の態度次第ってところかな」

「やめて、千里が聞いたら悲しむから。絶対に彼女には言わないで」

まさか千里まで利用されるなんて、思ってもみなかった。自分の疫病神っぷりに嫌気が差す。

「君が俺に抱かれればそれで済むんだ。約束は守る男だからね。ああでも、君の旦那さんには写真付きで報告させてもらうよ、あの男の打ちひしがれた顔を直接見られないのは残念だけどね」

なんて底意地の悪い男なのだろうかと、思わず睨みつける。

「おや、俺にそんな反抗的な態度を取っていいのか？」

彼が私の手を強引に引っ張った。その時、バッグが膝から落ち、床に荷物がちらばる。彼の足元に私のスマートフォンが滑り出た。

ハッとして急いで拾い上げたが、彼に画面を見られてしまう。

「待て、そのスマホ見せろよ」

「ど、どうして？　そんな必要ないでしょ」

焦りから声が震える。私はバッグにそれをしまいながら操作をする。

「いいから、出せ」

田辺くんは立ち上がりこちらに来て、バッグを奪った。そして私のスマートフォンを取り出し、中を確認する。

「お前、音声データ録音していたのか？」

私は黙ったままうつむく。

「クソっ、舐めやがって」

決して大きくはないが、低い冷たい声で罵りながら彼はデータを消去した。

「後悔させてやる。来いっ」

「痛いっ。放して」

私が抵抗すると彼は余計に手に力を込めた。しかし田辺くんの卑劣なところはそれを周囲にわからないようにやっていることだ。

「いいか、大声出したらどうなるかわかっているな。手始めにお前をめちゃくちゃにしてあの生意気な旦那に目にもの見せてやる」

私を立ち上がらせて肩を抱いた田辺くんは、悪魔のような笑みを浮かべている。彼が触れている箇所からぞわぞわと、鳥肌が立つほどの怖気が走る。

「私を傷つけたところで、要さんにはなんのダメージもないわよ」

私はなんとか、田辺くんの手から逃げようともがき続ける。

「は？　箕島商事の社長夫人のスキャンダルだぞ。三流紙は飛びついてくるさ」

「社長夫人ならばそうかもしれないけど、離婚したからもう関係ないわ」

正式にはまだ離婚届を出していないが、なにかあっても彼に迷惑をかけることはないだろう。

「ふざけるな、離婚なんてしやがって」

それまで我慢していた怒りが爆発したのか、田辺くんが手を大きく振りかぶった。叩かれる。そう思って目を閉じ、頭をかばって縮こまった。

「そこは訂正させてもらおうか、離婚なんかしていないぞ」

聞こえるはずのない声がして、頭をかばったまま声の方を信じられない思いで見る。聞き間違えるはずなんてない。だけどなんでここに？

田辺くんの手を掴んでいるのは要さんだった。

「くそ、放せよ！　放せ！」

抵抗して暴れる田辺くんの手を要さんがパッと放した。体を思いっきり左右に動かしていた彼は、勢いづいたまま前に倒れた。幸いテーブルや椅子にぶつかることはなかったが、絨毯に顔面を打ちつけていた。

「あんなに暴れるから、自業自得だな」

要さんはそう言いながら、立ち上がった田辺くんと私の間に立った。

「美涼、大丈夫か？」

心配して顔を覗き込む彼の顔を見たら安心して、涙がにじんできた。これまで虚勢を張って無理をしてきた。しかし彼がそこにいるだけで、強がれなくなってしまう。

「はい。あの、どうしてここがわかったんですか？」

「あぁ、支配人が気をきかせて教えてくれた。あの男が以前もこのホテルを使ってたから、もしかしたらと思って事前に頼んでいたんだ」

要さんの用意周到さに驚く。

「じゃあ、要さんも犯人に気が付いていたんですか？」

「決定的な証拠が得られなかったんだ。だけどこれで問題ないな」

要さんはスマートフォンを取り出して、音声を再生させた。

「な、なんで。その音声はさっき消しただろ！」

田辺くんが、驚いた顔で私たちの方を見ている。

「あいにくだが、うちの妻は仕事ができる秘書でもあるんだ。きっちり上司に報告をしている」

よかった。無事に届いていて。

データを消される前に、要さんに転送していたのだ。

田辺くんは青い顔をしていたが、笑みを浮かべた。

「だがその程度のこと、もみ消そうと思えば簡単だ」

「そんな！　証拠がちゃんとあるんだから、両親に謝罪してください」

危険を冒してまで自白を録音したのに、なんの意味もなかったのだろうか。必死になって田辺くんに謝罪を求める。

「なぜ俺があんな貧乏人に」

いまだに罪を認めないどころか、まだ私を傷つけようとする。今まで嫌なことがあってもこんなに憤慨したことなんてない。

「ひどい、謝って！」

私の声に、カフェテリアにいた人たちの注目が集まる。

「美涼、大丈夫だから」

要さんが私の肩を抱くと、一歩前に出た。

「弱い犬ほどよく吠えるとは、よく言ったものだな」

「はぁ？　俺が弱いっていうのか？　箕島の御曹司かなんだか知らないが俺はそんなの気にしないからな」

要さんは目を眇め、見下すように田辺くんを見る。

「これもお前の立派なパパにもみ消してもらうつもりか？」

彼は手に持っていた封筒の中身を、田辺くんに突きつけた。

「これは……お前、いったいこれをどこで？」

「説明する必要なんてないよな。どうせもみ消すんだから」

書類を見た田辺くんの顔が真っ青になり、手に持っていた書類がはらはらと足元に落ちた。拾ってみると数字の羅列が並んでいる。

「これは、帳簿？」

「あぁ、南星銀行が粉飾決算を行っている証拠と、あとは不正融資なんかもあったな、それと——」

「もういい、やめてくれ」

田辺くんが苦悶の表情で頭を抱えている。

「これだけ書類の偽造を繰り返していたら、賞味期限の改竄くらい平気でやってのけるだろうな。あと、お前のお気に入りのクラブの女性だけどやばい筋の人のお気に入りって噂、知ってるよな？」

「う、嘘だろ。そんな」

「随分羽振りよく貢いでいたみたいだけど、会社の金に手をつけるのはまずいんじゃないのか？」

すでに顔色を失った田辺くんは、要さんから突きつけられた事実にその場に倒れ込んだ。

要さんはいつから、田辺くんの周辺について調べていたんだろうか。ここまで調べるにはかなりの時間が必要だったはずだ。

「謝る、謝るから。許してくれ」

もぞもぞと芋虫のように床に這いつくばっていた田辺くんが、額を床につけて謝っている。

「謝る相手は俺じゃないだろ」

顔を上げた田辺くんが、視線を私の方に向けた。

「悪かった。ふなとのことは虚偽だったと証言させるし、千里にもこれ以上なにもしない！　誓う」

「本当に？」

「あぁ、だから助けてくれ」

私はどうしたらいいのか、要さんの方を見る。

「許すも許さないも美涼が決めて」

私は頷いて口を開いた。

「実家の件と千里の件の約束を守ってくれたら、私はそれでいいです。でももう二度と私に関わらないで」

「わかった、約束する」

田辺くんは驚きながらも目を輝かせ、即答した。本当はこんなに簡単に許せないけれど、これ以上関わり合いたくないという気持ちが大きい。

「美涼は甘いな。じゃあふなとの件と千里さんの件〝だけ〟は解決だな」

「だけ？」

要さんの言葉に、田辺くんが再び驚愕の表情を浮かべる。

「あぁ、美涼に対する罪については許す許さないを彼女が決めるが、その他のことについては俺たちが決めるわけにはいかないだろ。特に会社の粉飾決算なんかは、被害者は俺たちじゃないしな」

「そ、それは」

　要さんの言っていることは、間違っていない。

「見逃してくれ、なぁ？」

　田辺くんはもう一度、額を床に擦りつけている。

「もともと俺は美涼を傷つけたお前を許すつもりなんて、ないからな。そもそもお前の土下座なんかに、一ミリの価値もない」

　隣で聞いている私でも震え上がりそうになるほど、低く怒りのこもった声だった。

　要さんはそのまま私の肩を抱いて歩きだした。

「待ってくれ、おい」という田辺くんの言葉に要さんは足を止めて振り向いた。

「とっとと警察に行った方がいいだろうな。命は取られないだろうから」

　誰だと命まで狙うというのだろうか。

　先ほど言っていた、彼が手を出した女性の話が頭をよぎった。

　要さんがまた歩きだしたので、私も彼についていく。カフェテリアから出る際にスタッフに迷惑をかけたことを詫びる。

「お騒がせして、申し訳ありませんでした」

頭を下げた私にスタッフは「またお待ちしております」といつもと変わらない笑顔で答えた。

要さんに抱きかかえられるようにして歩く。しかし彼は一度も私の方を見ない。私に回された彼の手の力がいつもよりも強い。

「あの、要さん」

「悪いが、今は美涼の話を聞いてやれないし、この手を放すつもりはない」

そんなつもりで話しかけたのではないが、こちらを一度も見ない彼の態度に不安を覚える。それもそうだろう、あんな形で離婚届を突きつけて、彼の前から逃げるようにしていなくなったのだから。

自分がどれほど失礼なことをしたのか自覚がある分、私は黙ったまま従った。

「帰ろう、俺たちの家に」

離婚届を押しつけた妻に、まだ〝俺たちの家〟と言ってくれる、彼のその優しさに涙がこぼれそうになった。

第七章　そばにいたい、ずっと

もう戻ってくるつもりはなかった。

たとえ証拠を掴めても、うまく田辺くんから逃げられるかどうかは賭けだった。もしも最悪の事態になったら要さんの前には二度と顔を出さない覚悟をしていた。

それなのに私は今、自宅の玄関で、彼の腕に抱かれている。

とにかく彼と話をしなくては……。

そう思うのに私を抱きしめる強い腕が、会話する隙すら与えてくれない。彼の腕に包まれて、いつもの彼の香りに心から安堵する。

後頭部に添えられた手に優しく撫でられると、強張っていた体の力が抜けた。

すべてを彼に預けた。そして彼はそれをためらいなく受け入れる。

「よく顔を見せて」

彼は私の頬に手を添えると、確認するようにジッと私の顔を見つめた。

「おかえり、美涼」

いつもよりも少し掠れた声で囁きながら唇が近付いてくる。私のそれと重なる瞬間

「ただいま」と彼に告げた。

いつまでも玄関に立っているわけにはいかず、ふたりでリビングに移動した。部屋の中だというのに、要さんは私の手を放さずにずっと握ったままだった。

距離を空けずに座ると、彼はもう一度私の手を握り直した。

「もう今日みたいな無茶は絶対にしないと誓ってくれ」

心配と怒りが入り交じった複雑な表情を浮かべている。私は彼にこんな顔をさせてしまうほど大変なことをしたのだと今さら思い知る。

「ごめんなさい。でも大切な人を誰も巻き込みたくなかったんです。私さえ我慢すれば田辺くんの気が済むと思って」

自分より下だと思っていた私に見合いを断られ、プライドが傷ついたのが原因だ。普通の人ならばここまで恨みを買うようなことはないだろう。

しかし田辺くんは、学生時代から表と裏の顔を使い分けるのが上手だった。地元では優秀で家業が銀行。選民意識の強い人だったのでなにもかも思い通りにしたかったに違いない。

「一番大切なのはあなただから、もし私の醜聞が広がったとしても離婚さえしていれば大丈夫だと思ったの」

私のことで、要さんや箕島家に迷惑をかけたくない。大好きな人だから。

「あなたを守る方法が、離婚しかなかっ――」

私の言葉の続きは要さんのキスによって遮られた。

「さっきから離婚離婚って、不吉だろ」

半眼で睨まれて、申し訳ない気持ちでいっぱいになる。

「もう二度と言いません」

「あぁ、そうしてくれ。心臓に悪い。俺は真剣に離婚届不受理申出をするべきだと考えている」

「そんな、もう本当にないですから。だって」

私は彼の手を握り返し、目をしっかり見た。

「苦しかったから、もう二度とあんな思いをしたくない」

タクシーの中で感じた、張り裂けそうなほどの胸の痛み。今思い出しただけでも、涙がにじんできた。

彼の大きな手が私の顔を包み、その男らしい指先で涙を拭う。言葉はなかったけれど、温かいまなざしや優しい手つきが私をなぐさめる。

「すごく、本当に後悔したことがあって。聞いてくれますか？」

要さんが「ん?」と小さく返事をする。

「私も、愛しています」

まっすぐに彼の目を見つめて伝えた。それと同時にまた涙があふれる。

驚いたのかわずかに目を見開き、そして笑みを浮かべた彼の顔が涙でにじんで見えなくなる。彼が私を優しく抱き寄せた。

「私、要さんに愛してるって言われてすごくうれしかったのに、同じ気持ちなのに伝えられなくて、すごく苦しくて」

「ああ」

「だから、こうやってもう一度一緒にいられる今、絶対に言いたかったんです」

「ありがとう、俺も美涼を愛しているよ」

彼が私の背中に腕を回してギュッと抱きしめた。力強い腕に抱かれると、自分にとってこの腕の中が一番大切な場所なのだと自覚する。

彼の手が緩み、見つめ合う。彼は私を諭すように口を開いた。

「美涼、責任感の強さも周囲を思う気持ちも、美涼の素晴らしいところだ。俺はそういう芯の強さが好きだ」

ストレートに思いを伝えられ、頬に熱が集まる。

「だからこそ、その美涼のよさを俺にも守らせてほしい。なにかあれば支えになるから、必ず相談して。悲しみも喜びも分け合うのが夫婦だろう」

彼は私をよく理解し、そして私らしくいられるようにしてくれる。否定されることの多かった私の人生だけれど、今誰よりも大切な人が認めてくれているのだ。なんて幸せなんだろう。

私は自ら彼の首に手を回し、強く抱きしめた。彼への思いを伝える方法がこれしか思い浮かばなかったのだ。

心の中からあふれ出る喜びを笑顔に変えて伝えた。

「やっと本当の笑顔が戻ってきたな。その顔がずっと見たかった」

「私、そんなに難しい顔をしていましたか？」

自分の頬に手をあてて振り返ってみる。

「俺が美涼の変化に気が付かないはずがないだろう。それなのに俺になにも言ってこないから、どうするべきか考えている最中にあの離婚届だ」

「それは……ごめんなさい」

「いや、完全にあの男を美涼から遠ざけるための材料をそろえるのに、時間がかかったんだ。遅くなってごめん」

私は首を左右に振った。

「謝らないでください。私のためにありがとう」

「反省したならもうどこにも行かないでくれ。美涼の居場所はずっと俺の隣なんだから」

彼の手が私の後頭部にそっと添えられた。自然に顎が上向き、彼が唇を落とす。

「最初に言っただろう。『お前がいなくなるのは困る』って」

キスの合間に囁かれた言葉が、胸に深く刻み込まれる。

彼からのキスは気持ちをぶつけるような激しいものだった。息をするために薄く開いた唇の間から、舌が差し込まれる。濃厚な口づけに、脳内までしびれる。彼から放たれる濃厚な色気に心も体も溶かされはじめた頃、私は抱き上げられた。

言葉もなく歩きはじめる彼。行先を確認する必要なんてない。きっとふたりの気持ちは同じだから。

少し乱暴に寝室の扉を開けた彼は、ゆっくりと私をベッドに下ろした。優しく私の頬に触れる。いつもは少し冷たい彼の手が、今はとても熱い。

それが気持ちよくて思わず目を閉じると、彼が瞼にキスしてきた。

「今日は体全部で美涼の存在を確認したい」

熱いまなざしに見つめられ、私は頷いた。

「私も同じ気持ちです。要さんを感じたい」

「美涼っ」

熱のこもったわずかに掠れた声で私の名を呼ぶと、その口で私に口づけた。先ほどのキスでとろけきっていたせいか、差し込まれた彼の舌をすぐに受け入れた。

絡め合うキスに、胸が大きな音を立てる。ときめきと興奮がないまぜになって、胸がいっぱいだ。

「はぁ、悪い。興奮して優しくできそうにない」

溶かされてしまいそうなほどの熱いまなざし。彼の燃えるような興奮が伝染して体に火がついたように熱い。私は自ら彼の背中に手を回して抱きしめた。しっとりと汗をかいた彼の広い背中。いつもよりも強く彼の匂いがする。

首筋に噛みつくような勢いのキスを落とされると、私はその刺激に背中を反らせた。

「あ……んっ」

無意識に出た恥ずかしい声を、抑えようと唇を噛む。

すると彼がそれを咎めるように、私の唇を割り開いて長い指を差し込んできた。

「声、聴きたい。我慢しないで」

彼は掠れた声で懇願する。私の返事など待たずに、彼の大きな手のひらが私の体の形をなぞるように撫でる。

「んっ……はぁ」

吐息交じりの熱のこもった声を聞いた彼は、艶めいた笑みを浮かべる。普段の落ち着いて冷静に物事を進める彼からは想像もできない、興奮しきった様子に私の体温が一気に上がる。

いたるところを官能で満たされていく。だらしなく開いた口で必死になって空気を肺に取り込む。

ふと体を起こした彼が、私の右足を持ち上げた。そして膝からかかとに舌を這わせた後、そのまま足先にキスをした。

「やだ、ダメ。汚いから」

慌てた私が足を引っ込めようとする。しかしがっしりと足首を掴んだ彼はそれを許してくれない。それどころか、赤い舌先を見せつけるように出し私に視線を向けたまま足指をねぶっていく。

「んっ……ああっ、いやぁ」

恥ずかしすぎて、頭を左右に振って嫌がった。しかし彼は私の羞恥心を煽るように視線で私を射貫く。

「嫌じゃない。今日は『体全部で美涼の存在を確認したい』って言ったはずだ」

「言った、言ったけど！」

こんなことされるなんて思ってもみなかった。

「じゃあ、やめない。今日はもう止まれないから」

興奮しきった要さんを止めるすべを、私は知らない。あとはもうされるがままになるしかなかった。

ふたりがひとつになる時、何度それを経験しても心が震える。彼に征服されているような気持ちになったり、彼に包まれて安心したり、その都度違う感情に翻弄される。

「美涼……好きだよ。この髪も、耳も、目も、鼻も――」

そう言って彼の男らしい指が順番に触っていき、時には口づけを落としてくる。

「唇も、なめらかな肌も、心地いい声も、全部かわいい」

より深く繋がろうとする彼の言葉が、女としての喜びをより強くする。ずっと目をつむって強烈な快感に耐えていると、彼が瞼にキスをした。

うっすらと目を開けると、至近距離で目が合う。

「愛してるよ、美涼。お前のすべてが好きだ」

愛の囁きに胸がいっぱいになり、幸福で満たされる。

昔の嫌な経験のせいで、ずっと自分を否定して生きてきた。〝自分なんかが〟といつも思っている人生だった。

けれどこうやって、要さんに丸ごと愛されている今、自分が生まれ変わったような気持ちになる。彼が私を大切にしてくれたおかげだと思う。

「はぁ、私。要さんの奥さんになれて……よかった。好きです、ずっと一緒にいたい」

途切れ途切れの私の告白に、彼はギュッと眉間に深い皺を刻みなにかに耐えている。

「美涼、そんなにかわいいことを言われると、我慢ができない」

彼が大きく息を吐き、気持ちをぶつけられた。

愛と快感の波にさらわれた私は、甘い言葉を囁く彼の背中をギュッと抱きしめた。

何度も深く愛し合って迎えた朝に見つめ合って交わすキスは、幸せの味がした。


――十カ月後。

私は商業ビルの一階にある、最近できたばかりのカフェに千里とやってきていた。

野菜やフルーツを使った和菓子が中心のカフェ。

この店の商品が最初に有名になったのは、なんと海外、シンガポールだった。向こうのセレブが日本のお土産としてもらった、カボチャのういろうをSNSで紹介したところ、瞬く間に見た目も味も最高だという噂が広がった。

そして、経営危機に瀕していた田舎の小さな和菓子店が、たった十カ月で東京にカフェを展開するまでになった。

店の名前は『FUNATO』。私の実家の和菓子を提供するカフェだ。

オープンの際に、要さんとお祝いにやってきて以来だが、今も盛況でホッとした。こんな都会の一等地でうまくやっていけるのかずっと心配だったのだ。

「はぁ、美涼の実家のお菓子が東京でも食べられるなんて、感激」

私の目の前でおしゃれに盛りつけられたういろうを頬張っているのは千里だ。彼女は地元にいる時から、うちのお得意さんだった。今も変わらずファンでいてくれることがうれしい。

「でも見せ方で、こんなに変わるなんて」

千里の言う通りだ。ケースに入れられている和菓子たちは、実家で売られているものと同じとは思えなかった。しかし味は父がOKを出したものしか提供していないのでこだわりはひとしおだ。

「私もびっくりだよ。最初はオンラインストアさえなかったのに」

兄が店を手伝うようになって、システム化を進めた結果、より多くの人のもとにふなとのお菓子が提供できるようになった。

十カ月前は、店をたたむかどうかを考えていたとは到底思えない。

それもこれもすべて要さんのおかげだ。最初に李氏の奥様にふなとのういろうを土産として持たせたのも彼だし、実家の立て直しのために優秀なコンサルタントを紹介してくれた。

それと同時に、落ち込む父や母を私と一緒に勇気づけてくれたのだ。私の大切なものを守ってくれるその姿勢に、私はまた彼を好きになった。

最初は結婚に後ろ向きだった母も、要さんの真摯な態度に感銘を受けて、今は応援してくれている。

「はぁ、美味しかった。幸せ」

笑みを浮かべる千里を見てホッとした。

「よかった、元気そうで」

思わず口にしてしまって、ハッとした。慌てて口を噤んだけれど、もう遅い。

「ごめん」

「いいのよ、そんなに気を遣わなくても。むしろあの男がダメ男だってさっさと気付けてよかったわ」

千里の言うダメ男は田辺くんのことだ。

粉飾決算の手引きや二重帳簿、顧客との癒着など、今まで彼をかばってきた父親もさすがに今回はかばいきれなかったようで、彼は逮捕され、父親は頭取を辞任した。近々、南星銀行は地元の地銀に統合されることが正式に発表された。

発表後、地元でこのスキャンダルは大きな話題になった。ふなとの食品偽装の比などではない。おそらく彼ら一族は地元を離れるだろうとの噂だ。

ふなとの賞味期限偽装騒ぎについては、すべて田辺くんの指示でやったと実行犯が認めた。

彼が私の大切な人たちに迷惑をかけたことは許せないが、ふなとの名誉の回復を約束通りしてくれたことは見直した。

私とのお見合いも断られるとは思っていなかったらしく、自分の思い通りにいかない私に執着したようだ。巻き込まれた千里には申し訳ないことをした。彼からは二度と私たちの前に現れないと弁護士を通じて謝罪があった。

「本当にアイツってば最低だった。美涼は謝らないでよ。私に男を見る目がなかっただけだから」

明るくあっけらかんと言ってくれる千里には感謝しかない。私と仲がよくなければつらい思いをしなくて済んだはずなのに。

「千里、ずっとこれからも友達でいてね」

「あたり前でしょう！　なに言っているの」

千里の言葉に救われる。

「それにね、実は今夜、合コンなんだ。次こそはいい人を絶対見つけるの」

「頑張ってね、千里」

「うん、その前に元気出したいから、豆大福追加で食べない？」

千里の誘いに、私はもちろん乗った。

「いいわね、食べよう」

ふたりでお代わりした豆大福は、学校帰りに千里と食べた時と変わらない味がした。

他愛のないおしゃべりをしていると、千里のスマートフォンが鳴った。どうやらメッセージが届いたようだ。

「え～困ったな」

「どうかしたの？」

眉尻を下げる千里を心配して声をかける。

「今日の合コン、女の子がひとり来られなくなったって」

「そうなんだ、大変だね」

ほうじ茶を口に運んでいた私に、千里が驚くべきことを言う。

「美涼来ない？　旦那さんには内緒にしておけば――」

それまで勢いよく話をしていた千里の顔が、気まずそうにゆがんでいく。私の後ろに視線を向けているので振り向いてみるとそこにいる人物に驚いた。

「千里さん、人妻を合コンに誘うなんてどういうつもりですか？」

要さんが千里にかけた声は明るく冗談っぽいが、目が笑っていない。

「要さん、これは千里の冗談ですよ。ね、千里？」

「あ、うん、そうそう。私が人妻を合コンに本気で誘うわけないじゃないですか！ちょっとふざけただけです」

千里の言葉に、要さんがにっこりと微笑んだ。

「そう、冗談でしたか。すみません、妻のことになると余裕がなくなるもので」

要さんはそう言いながら、私の背後に立ち私の頭を優しく抱き寄せた。

「あの、要さん？」

独占欲を感じさせる行動に戸惑うが、彼は決してやめようとはしない。千里は目のやり場に困るのか、あちこちに視線を泳がせている。

「じゃあ、私そろそろ予定があるので」

耐えきれなくなった千里が、立ち上がった。そのタイミングでスタッフが紙袋を彼女に手渡した。

「日持ちのするものをいくつか用意しましたので、よければ職場のみなさんに」

要さんがにっこりと千里に微笑んだ。

「いいんですか？ うれしいです！」

「いえいえ、日頃妻が世話になっているので。男性がいない場でこれからも仲よくしてくださいね」

しっかりと釘を刺すあたりが、彼らしい。

苦笑いをした千里は、紙袋を持って私に手を振って店を出ていった。

「お邪魔だったかな？」

「いいえ、千里もこの後予定があるみたいだし、お迎えに来てくれてうれしいです」

少々、妻に対して過保護なところがある彼だったが、私自身がそれを嫌だと思っていないのだから問題ない。はたから見れば少しばかり目の毒かもしれないけれど。

「時間ができたから、デートに誘いたいんだけど、どうかな？」

「本当に⁉」

思わず子供のような声をあげてしまった。

ここ最近の彼は以前に増して忙しく、彼でなければならない仕事も多い。それがわかるだけに心配するしかなかった。できるだけ仕事面でも、プライベートでも彼を助けようと努力はしていたけれど、できることにも限界がある。

「あ、でも。おうちでゆっくりしたくないですか？　私、ご飯作ります」

「あぁ、それはとっても魅力的な誘いだな」

「では、材料を買うのに付き合ってください。今日は要さんの好きなものをたくさんテーブルに並べますね」

先週までは、アメリカに出張で三週間滞在していた。帰国後三泊四日で九州に視察。政府の有識者会議への参加など目の回る忙しさだった。

「俺はうれしいけど、美涼はそれでいいの？」

彼は心配そうに私の顔を覗き込んだ。

「もちろん、一緒にいればどこでもデートですから」

思ったことを口にした瞬間、要さんがわずかに目を開いて、その後口元にこぶしをあてて顔を背けた。耳朶がわずかに赤く見えるのは気のせいだろうか。

「そういうこと、さらっと言っちゃうからなぁ。うちの奥さん、ずるいよな」

小さい声でぶつぶつ言っていた彼が、私の手を取って立ち上がらせた。

「あの、支払いは？」

「済ませてある」

「ありがとうございます。千里のお土産まで」

いつもながらのスマートな対応に、感謝しつつ感心する。

「どうってことないさ。美涼との時間を譲ってもらったんだから。そんなことはいいから、すぐに帰ろう」

「え、買い物しないと。冷蔵庫からっぽだし献立も決まってないし」

人込みの中を手を引かれて歩く。

「食べたいものなら決まった」

「なんですか？　教えてください」

私の言葉に彼が私に視線を向けて、不意に笑った後、声に出さずに口だけ動かした。

『美涼』

彼の意図することがわかった私は、頬が急激に熱くなるのを感じた。なんて返せばいいのかわからずに、口をぱくぱくさせることしかできない。

　そんな私を見た彼は楽しそうに笑った。

「もちろん、お代わりも希望」

「もう、要さん！」

　恥ずかしくて照れくさくて、でもうれしくて。

　彼と手を繋いで、じゃれ合いながら歩くこの一瞬さえ、私にとってはかけがえのない時間だ。そういう日々がいつまでも続けばいい。

　明るい陽射しのもとで、彼の背中についていきながらそう思えた。

エピローグ

つい今しがた空港から直帰すると要さんから電話があった。私は時間を見計らって彼が帰ってきたらすぐにご飯が食べられるように準備をする。

私はその合間を見て、先日いただいた祝いの品に対する礼状をしたためるため、紙とペンを用意した。

『字は綺麗な方がいい』という母の勧めから、小さな頃に書道を習っていたおかげで、これといって取り柄のない自分も文字だけは、披露に耐えると思っている。

まさかこんなところで役に立つなんて。母の言う通り習っていてよかったわ。それこそ字は一生ものだもの。

ふとそこで母の顔が浮かび、懐かしくなる。

過干渉で苦手だった母だが、小さな頃病気がちだった私のために、病院探しや食事に住環境などすべてに奔走してくれた。元気になった後も、同じように私が転ばないように失敗しないようになにもかも準備してくれた。それが母の生き方だったのだ。

不器用な人だけれど、その根底にあるのは私への愛だと理解できる。

しかし自分が子供すぎたのと同時に、学校での嫌な思い出もあり極端に故郷から離れたいという気持ちが大きかった。

大人になってみなければわからないこともたくさんあるのだと、この歳になって実感する。

「あっ……」

腹部に覚えた違和感に驚いた瞬間、玄関のチャイムが鳴った。要さんが帰宅したようだ。

「おかえりなさい。早かったんですね」

物思いにふけっていたせいで、料理がまだ完成していない。

「あぁ、全然渋滞してなくて助かった」

彼のバッグを受け取ろうと手を出した。彼も反対の手でネクタイを緩めながらそれを渡そうとして、はたと気が付いてやめた。

「いいから、そんなことしなくて」

前を歩く彼に続いて、リビングに入る。

「美涼には、これ」

彼が手渡したのは、白い紙の封筒だった。

「また買ってきたんですか？」

少々あきれ気味に、中身を確認する。

「いいだろ、いくらあっても足りないぐらいだ」

彼は少しかがんで私の額にキスすると、疲れた様子でジャケットを脱いだ。

「でもこんなにたくさん」

私はリビングにあるチェストの引き出しを開けて中身を見る。

彼が買ってきたのは〝安産守〟、そして引き出しの中にはカラフルなお守りがいくつも並んでいる。

「神様が大渋滞しちゃってるわ、ここで」

思わず肩を竦めてしまう。

今、私は秘書の仕事をお休みしている。と、いうのも私のお腹の中には彼と私の赤ちゃんがいるから。妊娠がわかってからというもの彼はよりいっそう、私を大切に扱うようになった。

それはもう、昔の母も真っ青なほど過保護なのだ。

その証拠がこの、全国津々浦々から集められた安産守だ。出張の多い彼が行く先々で買い求めてくる。このままでは世界中の安産守を買ってきそうな勢いだ。

「あなたのパパ、神様なんか信用しないタイプだったのにね」

返事がないのはわかっているけれど、お腹の子供に苦笑交じりに話しかけた。

最初に彼が私たちのために買ってくれた、夫婦守がふたつ並べて置いてある。きっとこのお守りのご利益があったから、今もこうやってせっせと安産守を集めているのだろう。

「あっ」

また生じた腹部の違和感。手を添え確認していると、慌てた様子の要さんが飛んできた。

「どうした、痛いのか？　救急車呼ぶか？」

血相を変えた彼の様子に思わず噴き出してしまう。

「いいえ、大丈夫です。赤ちゃんはすごく元気みたいですよ」

彼の手を最近少し膨らみはじめたお腹にあてる。するとすでに親孝行な子は、タイミングよく私のお腹を蹴って、元気であると要さんに知らせた。

「動いた！　今、動いたよな？」

目を見開き、子供のように喜ぶ姿を会社の人が見たらどう思うだろうか。どちらが子供かわからないくらいのはしゃぎようだ。

「すごいな、本当に」

彼はその場に膝立ちになると、私のお腹に話しかけた。

「元気に大きくなれよ」

愛おしそうに話しかける彼の姿を見て、胸がキュンと甘くうずいた。彼の父親としての姿が私をときめかせるなんて新鮮だ。

ゆっくりと立ち上がった彼は、私をギュッと抱きしめた。

「どうしたんですか、急に?」

「すごく抱きしめたくなったから」

そのままの理由に思わず笑ってしまった。

「笑うなよ」

「違います。今私もあなたを愛おしいと思っていたのでうれしくて」

私の言葉に要さんは一瞬驚いた様子を見せたけれど、うれしそうに笑みを浮かべ、そして柔らかな唇でキスを落とした。

「愛してるよ、ずっと」

「はい、私も同じ気持ちです」

抱き合っていると、またもや私のお腹の中で赤ちゃんが動いた。それは自分も仲間に入れろと抗議しているようで。

要さんとふたり、見つめ合って思わず噴き出した。

三人で暮らす笑顔あふれる日々は、もうすぐそこまできている。

END

特別書き下ろし番外編

新妻の悩み

——信じたくない。

目の前に突きつけられた数字を見て、ギュッと目をつむった。なにかの間違いではないかと、深呼吸を繰り返してもう一度目を開く。

同じ数字が並んでいるのを見て、絶望に打ちひしがれた。

「ここ二、三年で一番の数字じゃないの……」

体重計の数字をうらめしく見つめながら、私はその場で膝を抱えた。

どうしてこうなったの？

思いあたるふしがありすぎて、深いため息をついた。

要さんと結婚してから、過剰に甘やかされている。それはとても幸せなんだけれど、困ったのは食事だ。休みの日になれば「疲れているだろうから」と高級レストランに誘われ、「あれも食べろ、これも食べろ」とどんどん勧めてくる。接待で美味しいお店に行けば、私のぶんはお土産を買ってくる。

私の持論だが「美味しいものはカロリーが高い」のだ。

彼の好意は痛いほどわかっているし、実際にどれもこれも美味しい。ついつい……が重なって今の状況。

無理もないかぁ。結婚してから半年、この生活をしているんだもの。

はぁ。要さんが悪いってわけじゃないんだよね。全部誘惑に弱い自分のせいだもの。

小さな頃ふなとの和菓子が大好きだった。その上、体が弱く小学生の間は運動を制限されていた。そんな生活を送っていれば、太るのもあたり前だった。

中学に入ってからは、一念発起して食事を制限し適度な運動をして体形をキープしてきた。しかし相変わらず、すぐ太ってしまう体質は変わっていない。

鏡に自分の姿を映してみる。目に見えて変化はないけれど、これから現れるのかもしれないと思うと、恐ろしくなってきた。

——大福！

心ない呼ばれ方で傷ついた、あの頃の自分に戻りたくはない。

私はこぶしをギュッとにぎって、決意をする。

「ダイエット開始！」

私は早速キッチンに向かい、要さんが買ってきた高級チョコやクッキーを棚の奥に隠す。体重が落ちた時のご褒美にするつもりだ。

それから冷蔵庫の中を確認して、高たんぱくで栄養価の高い食事を作ろうとメニューを思い浮かべる。彼がいる日は、ダイエットメニューにするわけにはいかないので、一週間トータルで考えようとメモ用紙とペンを持ちあれこれと思案する。

「運動は……要さんとジムに行くし。このままでいい」

もともとあまり運動が好きではないので、現状維持にとどめる。あとは筋肉をほぐすストレッチなどを、家事の合間に取り入れよう。

本格的なダイエットをするのは久しぶりだ。年々体重が落ちづらくなっているけれど、それも自分の体だから向かい合わなくては。

要さんには……内緒にしよう。太ったって知られたくない。彼なら気にしないだろうけれど、それでもやっぱり好きな人には内緒にしておきたい。

やる気に満ちた私は、今日は要さんが接待でいないので早速ダイエットに取りかかった。

しかし、すぐに難題が私の前に立ちはだかった。

「美涼、ただいま」

ほろ酔い加減の旦那様の手には、紙袋がある。嫌な予感がしつつ私は玄関先で彼のハグに応えた。

「おかえりなさい」

彼と一緒にリビングに戻る。すぐにキッチンでグラスに水を注ぎ、彼のもとに持っていく。

「はい、どうぞ」

「いつも、ありがとう」

ネクタイを緩めた彼が、グラスを受け取り一気に水を飲みほした。

「留守番させて悪かったな」

「もう、子供じゃないんだから、平気ですよ」

「そうか、会いたかったのは俺の方か」

「それは……」

わざと恥ずかしがらせて、私の顔を覗き込んでくる。お酒を飲んでいるせいか、少しテンションが高い。

「美涼も会いたかった？」

きっと言うまで聞いてくるはずだ。

「もちろん、会いたかったですよ」

「ん、かわいいね」

満足した要さんがにっこりと笑って、私の額に軽くキスをした。

ご機嫌の彼は、普段のみんなの憧れである凛々しい姿とかけ離れている。きっと仕事関係の人が今の様子を見たら、驚くに違いない。

でも私はこんな要さんを見るのが好きだ。今目の前にいるのは、誰も知らない、私しか知らない彼だ。言いようのない優越感に浸ることができる。

「さて、そんなかわいい奥さんに、お土産」

……あぁ、やっぱり。

嬉々として彼が持ち帰った紙袋から出したのは、フルーツタルトだった。しかも以前食べてすごく美味しかった記憶がある。

「ほら、美涼。ここのパイ生地のタルト好きだろう？　食べて」

ずいっと鼻先に突きつけられた。いつもならここで流されてしまう私だけれど、先ほどの決意を忘れるわけにはいかない。

「すごく美味しそうです。でも明日の朝いただきますね」

せっかくなので食べないという選択肢はない。でもせめて夜ではなく朝にいただくと伝えた。

「どうした。体の具合でも悪いのか？　これ好きだったよな」

心配そうに顔を覗き込まれた。気を遣わせてはいけないと私は慌てる。

「元気ですよ。実は夕飯を食べすぎてしまって」

「そうだったのか、それなら仕方ないな」

なんだか残念そうにしている要さんを見て、少し申し訳ない気持ちになる。

いや、ここで食べてしまったら、せっかくの決意が無駄になってしまう。明日食べてしっかりお礼を言おう。しばらくの間は、夜のカロリー摂取は控えたい。

「俺、美涼が幸せそうに食べている姿、見るのが好きなんだ」

穏やかな笑みを浮かべながらそんな風に言われると、ダイエットしづらい。そう思うもすぐに、先ほど見た衝撃的な体重計の数字を思い出し、断腸の思いで耐えた。

ごめんなさい。すぐに痩せていつも通りに戻りますから。


それから三週間後。

「なんで減らないの……」

またもや体重計の数字を見て私は絶望した。ふらふらとその場に座り込みそうになるのを壁に手をついて耐えた。

食事の内容や食べる時間に気を遣い、職場にはお弁当も持参した。水も意識して飲むようにしたし、社内では階段を積極的に利用した。

それでも思ったよりも体重が落ちないので、ジムに通う回数も増やしたのに。

まだたったの三週間だ。そう思おうとするけれど、気持ちは焦るばかりだ。できることは全部やっているはずなのに。

ため息をつきながらのろのろとリビングに向かい、ソファに座ってぼーっとしてしまう。考えすぎはよくないとわかっているけれど、どうにか手を打たなければと焦る。

「……ず、美涼」

「え、はい」

書斎で仕事をしていた要さんが、いつの間にかリビングにいた。私はそれすら気が付いてなかったようだ。

「どうかしたのか、最近変だぞ」

「え……ううん、なんでもないです」

心配そうに私の顔を覗き込む彼。

太ったなんて言えない。

私はごまかすように笑ってみせた。

しかし彼は私のごまかしに納得せずに、隣に座って私の手を取った。

「大丈夫じゃないだろう。ため息も多いし食欲もあまりないみたいだ」

それは我慢しているんです――とは言えない。

「ちゃんと食べていますから心配しないでください。本当に、平気なので」

栄養バランスは考えているから、問題はない。ただ肝心の体重が減らないだけだ。

「いや、心配する。ここ最近、俺を避けていないか？」

「はい？」

思いもよらないことを言われて、思わず声がうわずった。

「夜も先に寝てることが多いし、休みの日や仕事終わりもどこかに行っているだろう？」

行先はジムで、そして疲れ果てて眠ってしまっているだけだ。しかし彼は大きな誤解をしている。

「あのさ……もしかして、他に好きな人でもできたのか？」

私の方を見ずに、床に視線を向けている。どうやら冗談ではなく本気でそう思っているようだ。

「ないです！　それは絶対にないですから」

焦った私は全力で否定する。彼にこんな顔をさせてしまった後悔で胸が痛む。こうなったら事実を彼に告げるしかない。私は恥を忍んで経緯を伝えた。

「実は……」

最初強張った表情で私の話を聞いていた彼だったが、次第にあきれ顔になっていく。

「ダイエットだと？」

私は誤解させた気まずさから、黙って頷くしかできなかった。

「なんだ、そんなことだったのか」

あからさまにホッとした彼だが、私にとっては一大事なのだ。

「恥ずかしくて、言いだせなかったんです。昔のトラウマもあって」

好きな人にはよく見られたい。そのつまらない気持ちで彼に心配をかけてしまった。

恥ずかしさと反省で、まともに彼の顔が見られずうつむいていると、彼が私の手を引っ張った。顔を上げると、真剣な表情を浮かべた要さんと目が合う。

「ここに座って」

そう言って自分の膝をぽんぽんと叩いている。

膝の上に座れってこと？　それはちょっと。

「私、重いので」

「重くない。俺のこと好きなら座って」

その言い方はずるい。そう言われてしまうと座るしか選択肢がなくなる。私はおそるおそるできるだけ体重をかけないようにして座った。

しかし彼はそれをよしとしない。

「もっとちゃんと座って」

彼に言われるまま、しっかりと膝をまたいで向かい合って座った。

「やっぱり重いですよね。すみません」

私の言葉に、彼は回した腕に力を込めた。

「謝ることじゃない。俺にとって美涼の重さは幸せの重さみたいなものだから。減ってほしくない」

「要さん……」

「もちろん健康に害をなすほどになれば、ダイエットも考えないといけないが。今の美涼にそれが必要だとは思わないけどな」

「そうは言っても、気になってしまって」

「昔のトラウマがあるのはわかる。でもそれを俺で塗り替えてほしい」

私の気持ちを全部否定するのではなく、受け止めた上で前向きになれる声かけをしてくれた。

「脂肪よりも筋肉が増えれば、体重は増える。それは仕方のないことだ。体重はただの数字だろう。気にしすぎはよくない」

「ただの数字……ですか」

「あぁ、実際に鏡で見てそんなに体形に変化があったか？　俺がいつも見ている美涼はつややかでやわらかくて。最高に抱き心地がいい」

「か、要さん？」

あらぬ方向に話が行ってしまいそうでびっくりする。

「せっかく俺好みに育てたのに、勝手にダイエットするなんて」

非難交じりの声。しかし表情は優しい。

「だから、今のままの俺の好きな美涼でいてほしい」

彼の優しい言葉に、胸が温かくなる。これまで自分で自分を追い込んでいたのだと今頃になって気が付く。

「まあでも、美涼がそんなに気にしているなら俺がチェックしなければいけないな」

「きゃあ」

私を抱えたまま立ち上がった要さんが、そのまま寝室に足を向けた。

「チェックってなにをするんですか？」

「ん？　もちろん美涼の体を隅から隅まで。ね？」

思わず想像してしまって、顔に熱が集まる。首から上が赤くなっているに違いない。

「楽しみだな」

なにかを企んでいる笑みを浮かべる彼に、ドキドキしてしまう。

「これにこりたら、俺に隠し事はしないように」

「はい」

私の真摯な返事に満足したように頷いた彼は、その晩、宣言通りに私の体を隅々までチェックし、満足そうに眠りについた。

END

あとがき

初めましての方も、お久しぶりの方も、この度は『捨てられ傷心秘書だったのに、敏腕社長の滾る恋情で愛され妻になりました』をお手に取ってくださり、ありがとうございます。

今回は〝憧れシンデレラシリーズ〟の第一弾を担当させていただき、大変光栄に思います。四カ月連続刊行とのこと。私も他の作家さんがどんな〝地味子〟を繰り出してくるのか、楽しみです！

今回担当編集さんに内容の相談をした際に「超王道でいきましょう」と方針が決まり、王道ど真ん中の秘書と御曹司カップルを書きました。

今回のヒロインは努力型地味子です。小さな頃のコンプレックスのせいで自分に自信がない。だからこそ努力を重ね、自分の居場所を自分で決める。芯の強さと自信のなさ、相反する二面性がヒロインである美涼の魅力だと、読んでくださった方に伝わったらうれしいです。

そして番外編は、私の永遠の課題であるダイエットを題材にしました。「美味しいものはカロリーが高い」共感いただけた方は、高田の仲間です。

ヒロインを見習って〝明日から〟頑張ります。（その明日はくるのでしょうか？）

さて恒例のお礼です。表紙を描いてくださったれの子先生。ヒロインのとろける表情、ヒーローの色っぽい笑顔。素敵に描いてくださって感謝です！

作品の制作にかかわってくださった方。毎度毎度のぎりぎり綱渡りでひやひやさせてすみません。いつも色々とお気遣いいただきありがとうございます。

最後に読者のみな様。王道のラブストーリーお楽しみいただけましたでしょうか？

〝憧れシンデレラシリーズ〟はあと三作あるということなので、一緒にわくわくしながら次の作品を待ちましょう！

そして私自身の次回作についても、今構想中です。このプロットを作る妄想の段階が一番楽しいのです。

より楽しいお話がお届けできるよう頑張っています。またお会いできれば幸いです。

感謝を込めて。

高田《たかだ》ちさき

高田ちさき先生への
ファンレターのあて先

〒104-0031
東京都中央区京橋 1-3-1
八重洲口大栄ビル7F
スターツ出版株式会社　書籍編集部　気付

高田ちさき先生

本書へのご意見をお聞かせください

お買い上げいただき、ありがとうございます。
今後の編集の参考にさせていただきますので、
アンケートにお答えいただければ幸いです。

下記 URL または QR コードから
アンケートページへお入りください。
https://www.berrys-cafe.jp/static/etc/bb

ベリーズ文庫

捨てられ傷心秘書だったのに、敏腕社長の滾る恋情で愛され妻になりました【憧れシンデレラシリーズ】

2023年7月10日　初版第1刷発行

著　　者　高田ちさき

発 行 人　菊地修一
デザイン　カバー　ナルティス
　　　　　フォーマット　hive & co.,ltd.
校　　正　株式会社鷗来堂
編集協力　鈴木希
編　　集　前田莉美
発 行 所　スターツ出版株式会社
〒104-0031
東京都中央区京橋1-3-1　八重洲口大栄ビル7F
TEL　出版マーケティンググループ　03-6202-0386
（ご注文等に関するお問い合わせ）
URL　https://starts-pub.jp/
印 刷 所　大日本印刷株式会社

Printed in Japan

乱丁・落丁などの不良品はお取替えいたします。
上記出版マーケティンググループまでお問い合わせください。
定価はカバーに記載されています。

ISBN 978-4-8137-1453-8　C0193

ベリーズ文庫 2023年7月発売

『S系外科医の愛に落とされる激甘契約婚【財閥御曹司シリーズ円城寺家編】』 一ノ瀬千景《いちのせちかげ》・著

医療財閥の御曹司で外科医の柾樹と最悪な出会いをした和葉。ある日、料亭を営む祖父が店で倒れ、偶然居合わせた柾樹に救われる。店の未来を不安に思う和葉に「俺の妻になれ」――突如彼は契約結婚を提案し…!? 俺様な彼に恋することはないと思っていたのに、柾樹の惜しみない愛に甘く溶かされていき…。

ISBN 978-4-8137-1452-1／定価726円（本体660円＋税10%）

『捨てられ偽り秘書だったのに、敏腕社長の滾る恋情で愛され妻になりました【憧れシンデレラシリーズ】』 高田《たかだ》ちさき・著

社長秘書の美涼は、結婚を目前にフラれてしまう。結婚できないなら地元で見合いをするという親との約束を守るため、上司である社長の要に退職願を提出。すると、「俺と結婚しろ」と突然求婚されて!? 利害が一致し妻になるも、要の猛溺愛に美涼は抗えなくて…！ 憧れシンデレラシリーズ第1弾！

ISBN 978-4-8137-1453-8／定価726円（本体660円＋税10%）

『愛に目覚めた外交官は双子ママを生涯一途に甘やかす』 若菜《わかな》モモ・著

会社員の和音は、婚約者の同僚に浮気されて会社も退職。その後、ある目的で向かった旅先でエリート外交官の伊吹と出会う。互いの将来を応援する関係だったのに、紳士な彼の情欲が限界突破！ 隅々まで愛し尽くされ幸せを感じるものの、身分差に悩み身を引くことに。しかし帰国後、双子の妊娠が発覚し…!?

ISBN 978-4-8137-1454-5／定価726円（本体660円＋税10%）

『冷徹御曹司の剥き出しの渇愛～嫁入り契約した薄幸OLが幸せになるまで～』 夏雪《なつゆき》なつめ・著

実家へ帰った紬は、借金取りに絡まれているところを老舗呉服店の御曹司・秋人に助けられ、彼の家へと連れ帰られる。なんと紬の父は3000万円の借金を秋人に肩代わりしてもらう代わりに、ふたりの結婚を認めたという！ 愛のない契約結婚だったのに、時折見せる彼の優しさに紬は徐々に惹かれていき…!?

ISBN 978-4-8137-1455-2／定価726円（本体660円＋税10%）

『天才ドクターは懐妊花嫁を滴る溺愛で抱き囲う』 蓮美《はすみ》ちま・著

恋愛経験ゼロの羽海はひょんなことから傍若無人で有名な天才外科医・彗と結婚前提で同居をすることに。お互い興味がなかったはずが、ある日を境に彗の溺愛が加速して…!?「俺の結婚相手はお前しかいない」――人が変わったように甘すぎる愛情を注ぐ彗。幸せ絶頂のなか羽海はあるトラブルに巻き込まれ…

ISBN 978-4-8137-1456-9／定価726円（本体660円＋税10%）